El esquiador de fondo

Lucas Ruiz

El esquiador de fondo

Segunda edición

Copyright © 2014, 2017 Lucas Ruiz

Logo: Jorge Nigro

Tapa: Larsen Lab

Foto de Lucas Ruiz por Lorenzo Hernandez

Editorial: Mikroforlaget Apuleius' Æsel

Impresión: Books on Demand GmbH, Norderstedt, Alemania

ISBN: 978-87-93578-01-2

Agradecimientos:

Quiero dar las gracias a Juan Miguel Muñoz, *Juanmi*, a Rafael García y a Juan Carlos Suárez por la lectura atenta de estos textos, sus correcciones y sus valiosísimos comentarios. A Ángel Montilla por todo eso, y por su prólogo –me lo debía– y su insistencia –por ella le debía yo esto a él–. A Maya Byskov, por su constante apoyo y por nuestras charlas entre la nieve de los Alpes tiroleses.

Índice

Prólogo dramatizado en cinco escenas

ESCENA 1

*Interior de cafetería de la Facultad de
Filosofía y Letras de Málaga. Mañana de
febrero de 1987. Dos estudiantes conversan
sentados en una mesa atestada de tazas
sucias sin recoger y servilletas arrugdas.
Uno de ellos se llama Lucas y el otro Ángel.
Estudian Filología Hispánica y charlan sobre
teoría literaria:*

Ángel: Los géneros literarios no existen. Lo dice
Borges, que cita a Croce.

Lucas: Ya, tú siempre con el cieguito a cuestas.
Pues yo creo que sí existen. Son una guía,
algo que permite al lector saber a qué ate-
nerse. Imagínate que alguien se pone a escribir un artículo sobre un libro, un ensayo o
algo así y va y empieza a mezclarlo con un
relato, con personajes y tramas y todo. O
que escriba un ensayo como si fuera un sai-
nete. Eso sería un desastre.

Ángel: Ya y ahí estaría el punto, en la confusión. La gente quiere sorpresas.

Lucas: Sí, pero no tantas.

Ángel: Bueno, da igual.

(Pausa incómoda)

¿Has leídos los artículos de Larra?

Lucas: Solo uno. No he tenido tiempo.

Ángel: Yo tampoco he leído mucho, podemos intervenir en el seminario y poner solo ejemplos de lo que hemos leído. Podemos fingir una controversia.

Lucas: Eso no está mal. Además, es lo único que vamos a poder hacer.

Ángel: ¿Has estado estudiando para lo de Agente de la Propiedad Inmobiliaria?

Lucas: No exactamente.

Ángel: No me des detalles. Me los imagino.

Pausa. Ángel se pone a hojear un folleto de viajes que hay en la mesa de al lado. Lucas mira hacia la puerta, como esperando que entre alguien.

Lucas: Estoy deseando terminar la carrera para irme por ahí.

Ángel: ¿Por ahí? ¿Dónde exactamente?

Lucas: No sé, a Londres, a Nueva York..., donde sea. Fuera.

Ángel: Fuera ¿de dónde?

Lucas: No sé, de aquí, de Málaga, de España...

Ángel: ¿De ti quizás?

Lucas: ¡Qué cabrón!

Miran el reloj y se dan cuenta de que llegan tarde a la clase de Sociología de la Literatura.

Lucas: Miguel nos va coger manía.

Ángel: No creo.

ESCENA 2

Noche de julio de 2003. Restaurante italiano. Ángel está sentado mirando hacia la puerta. Al poco tiempo llega Lucas. Se abrazan.

Ángel: Hombre, el hijo pródigo.

Lucas: Ya ves.

Ángel: ¿Cómo va todo por Dinamarca?

Lucas: Bien, con los niños, que me ocupan mucho tiempo. ¿Y tú?

Ángel: A lo mío, con mis versos y mis clases. Todo un poco monótono, pero bien.

Lucas: Pues aquello es una pasada. De limpieza, de educación, de eficacia…

Ángel: Me lo imagino. Mejor que aquí, en casi cualquier sitio.

Lucas: Me gustaron mucho tus poemas de *Múltiplos de uno*.

Ángel: Déjate de rollos y no me hagas la pelota, que no te pega. ¿Tú te has puesto ya a escribir algo?

Lucas: Bueno (sonríe). La verdad es que no.

Ángel: Mentira.

Lucas: Te lo juro.

Llega el camarero.

Lucas: Yo tomaré vino.

Ángel: Yo, una cerveza.

Camarero: ¿Han pensado ya qué van a comer?

Lucas: Denos unos minutos.

Ángel: Yo quiero una cuatro estaciones.

Lucas: Ah, vale. Pues yo tomaré… lo mismo.

Se va el camarero.

Ángel: Venga, desembucha.

Lucas: No sé. Son ideas solo. No valen nada.

Ángel: ¡Qué cabrón!

ESCENA 3

Exterior, noche, 4:15 aprox. de la madrugada. Verano de 2011. Terraza de ático en ciudad costera de Málaga. En el cénit lucen las estrellas del triángulo del verano: Vega, Deneb y Altair.

Ángel: Bueno, sí, mucho rollo existencial y mucha reflexión intercultural, pero ¿y los cuentos?

Lucas: ¿Cuentos? ¿Qué cuentos?

Ángel: ¿Qué cuentos? No te hagas el tonto conmigo, que no te pega.

Lucas: Ah, los cuentos. (Se ríe compulsivamente). Por ahí estarán, en algún cajón. No valen nada.

Ángel: ¿Otra vez con ese estribillo de que no valen nada?

Lucas: Es que es la verdad.

Ángel: Pero ¿tú quién eres para opinar sobre eso?

Lucas: Que no, que no, que eso son pasatiempos que no merecen ser leídos por nadie.

Ángel: ¿Más vino?

Lucas: Venga, un poco más. ¿Luego me llevas a mi casa? (Bebe un sorbo. Pausa relajada) Tío, qué vistas tienes aquí del universo.

Ángel: No cambies de tema, que no te sale bien.

ESCENA 4 (virtual)

Cruce de correos electrónicos. 2011.
Extractos.

Lucas *to* Ángel: Ahí te mando una cosa que voy a publicar en un blog que he abierto en el *Diario Sur*. Sé benevolente. No vale nada.

Ángel *to* Lucas: Pero si es buenísimo!!!!! Lo sabía. Seguro que tienes más.

Lucas *to* Ángel: Bueno, un par de cosillas. Basura.

Ángel *to* Lucas: No seas cabrón y mándamelas ya de una vez.

Lucas *to* Ángel: Bueno, bueno, en otra ocasión. Te dejo que va a venir Javier Cercas a Dinamarca y tengo que escribir algo sobre *Soldados de Salamina*.

ESCENA 5 (virtual)

Correos electrónicos (extractos). Marzo de 2014.

Lucas *to* Ángel: Al final te he hecho caso y voy a publicar los relatos. Me gustaría que los leyeras y me los criticaras todo lo duramente que puedas. Me tienes que dar los datos de tu editorial para ponerme en contacto con ellos.

Ángel *to* Lucas: ¡Qué pedazo de cabrón estás hecho! Esos relatos son buenísimos. No te voy a decir cuál me ha gustado más, porque eso es un reduccionismo digno de periodistas. Me los he leído de una tacada. Tienen mucha fuerza, mucha autenticidad. El de Volúbilis ya lo conocía. Y el de Cercas. El del náufrago es muy potente, quizás el más franco, mezclando esos magníficos versos de Rosales. Y eras tú el que no quería mezclar los géneros. Hay un fragmento al final especialmente directo y hermoso: "Ya no hay impostura, ni simulacro, ni desesperado deseo de huida, sino una decente y franca aceptación de mi fracaso". ¿Te creías que no nos íbamos a dar cuenta de que has colado un heptasílabo y un endecasílabo para conferir una musicalidad especial a la frase? Has conseguido una mezcla interesantísima entre distanciamiento irónico y acercamiento personal a los sentimientos. Un tortuoso viaje al autoconocimiento, que, debido al sutil juego de narradores, parece un heteroconocimiento. El ritmo de la frase y el vocabulario están muy conseguidos. Enganchas al lector con el asunto, tan íntimo, y lo llevas donde quieres con una sintaxis serpenteante o hipnótica. Muy conseguido, Lucas, de verdad. Es una obra de arte y es un placer leerla. Te felicito. Llevo más de diez años intuyéndolo y luego diciéndolo.

Lucas *to* Ángel: No te pases. Gracias, pero seguro que otros no están de acuerdo con tanta alabanza. Por cierto, ya que estamos. He pensado que podrías escribir tú el prólogo. Como yo te escribí el de *La dulce faena*.

Ángel *to* Lucas: ¡Qué cabrón!

TELÓN

Ángel L. Montilla Martos

A Ditte, con todos sus nombres

«*Encencida la luz de una ventana*
se consume una transeúnte en sus sospechas
    —¿Cómo indagar el trasiego de temblores
la impensada travesura del deseo?—
Quisiera recurrir a una invención
pero espera en este umbral de los cobardes
mientras mira abrasado en su recuerdo
con un aire de fracaso lujurioso
los contornos de un charco.»

Una leyenda de extranjeros

A José María, Chubi y Jesús, Chu,
en la Plaza de la Estación de Århus. Hace
ya tanto tiempo

Sé que hay gente que vive por ahí en el extranjero por motivos de trabajo. Ha obtenido uno de esos puestos de ensueño como director comercial de una multinacional, diplomático, funcionario, profesor del Instituto Cervantes, corresponsal, qué sé yo, algo que cuando se lo cuentan a uno queda impresionado –tal vez acomplejado– y con un poco de envidia: ¡Caramba qué espabilada es la gente ... y qué lista!

Hay gente de este tipo –lo sé–, aunque debo reconocer que yo no conozco a mucha. Me consta que existen porque leo de ellas en los anuncios y en los periódicos y porque mi madre o alguna de sus vecinas más beligerantes así me lo han referido. Existen lo sé, pero lejanamente, como en un relato distante y con tintes de fantasía. Una leyenda de extranjeros –me digo con ánimo celoso de conformarme–. Dejémoslo ahí.

Yo en cualquier caso nunca he pertenecido a ese grupo sino a este otro, del que sospecho somos legión, que trabajamos en lo que nos va saliendo. Aquí o allá, unos con más suerte que otros, para ir tirando: somos la nómina voluminosa y gris, anónima pero viva, de los inmigrantes; nada de una elección meditada y preparada, sólo improvisación y destino. Suerte o ... mala suerte. Gente dispuesta a tomar cualquier trabajo por *debajo de sus cualificaciones* –menuda presunción– con tal de ganar dinero, prosperar, mantenerse, sobrevivir...

Hace algunas semanas el taxi que tomé a Barajas lo conducía un colombiano, reservado pero cordial, que había vivido en Málaga. Informático, según me aseguró. Su relato, decorado con tiros y secuestros de las FARC, concordaba con lo que digo. Aquí, en Århus, las calles de mi ciudad también están llenas de conductores de taxis ilustrados con una licenciatura en Sociología o una Ingeniería mecánica, políglotas silenciados por los programas de estudios y las convalidaciones del hospitalario país anfitrión, médicos enfermos de soledad al mando de un mercedes con publicidad obscena de alguna agencia de viajes. Efectos de la globalización –me dicen.

Pero no he empezado a escribir esto para lamentarme sino para intentar contar una breve historia, que como siempre, es un poco la mía. Me pasó hace mucho tiempo y ahora que se ha hecho vieja, como yo, puedo empezar a narrarla. Ahí va:

«Se lo advertí a mi madre con un tono de falsa amenaza al otro lado del teléfono.

– No vayas a decir que me dedico al periodismo.

Y ella sonrió, y calló y se rió disimuladamente, pero no tanto, porque yo la oí, hasta que al final, como quien cae en la cuenta, preguntó, ingenua y salvaje:

– Y digo yo, ¿y por qué no?

– Mamáááá, por favor –protesté sin vislumbrar posibilidad alguna de éxito.

Yo había llegado no hacía tanto tiempo a esta ciudad, con el ánimo intacto, un optimismo a prueba de bombas y el descarado desparpajo que da el no tener ni la más puñetera idea de adónde me había metido. Esa es quizá la receta perfecta para escaparte: no preparar la fuga, no tener plan b; no tener plan a. No tener plan. No saber contestar a esa inquietante pregunta de *y ahora qué*.

Así es como empecé mi aventura laboral en Dinamarca que, intuyo, concuerda con la del taxista colombiano y la de otros muchos emigrantes, cuyo único plan es … *ya hemos llegado aquí y ahora ya veremos*. Después de intentar denodadamente, y sin éxito, conseguir trabajo en *lo mío*, para lo que según mi título estaba capacitado, es decir, en el *nivel exacto de mis cualificaciones*, decidí buscar trabajo en *lo otro*, o sea, en cualquier cosa, en mi caso, y obligado como siempre por esa ley siniestra y certera de la oferta y la demanda, como repartidor de periódicos.

De los muchos oficios y lugares en los que he trabajado ninguno me ha deparado tanta felicidad ni satisfacción como este: todos, creo o creo recordar, me han dado una suerte de contento casi siempre retrospectivo, agridulce y suave, un aprendizaje que te llega con el tiempo, a veces, piensa uno, tarde, pero ninguno me ha parecido desde el principio tan certero, tan adecuado, tan liberador, tan creativo como este trabajo *por debajo de mis cualificaciones*. ¡Menuda presunción!

La cosa sucedía de la siguiente manera: todos los días, a excepción de los domingos –mi día libre–, o mejor dicho, todas las madrugadas a eso de las 3.30 de la mañana, cuando la mayoría de los diarios ya habían llegado a la ciudad, nos reuníamos un grupo de 10 ó 12 repartidores, casi todos extranjeros, en un pequeño local semiabierto donde el repartidor con mayúsculas, esto es, el que tenía la furgoneta, había dejado –arrojado– paquetes y paquetes de periódicos.

Empezábamos entonces la frenética faena: desempaquetar, comprobar cuáles eran los que correspondían a nuestras rutas, poner los periódicos en unas enormes bolsas de plástico que a modo de alforjas llevábamos colocadas en la parte trasera de la bicicleta y... a pedalear, pedalear, correr, correr, repartir. Así hasta las 7.00 ó 7.30 de la mañana, dependiendo de la distancia de la ruta, de la pericia del repartidor y de las condiciones meteorológicas.

Nunca en mi vida me he encontrado tan en forma (sin pagar gimnasio), tan activo (sin tomar café), ni tan despreocupado (sin ser estudiante) como en ese período dorado de mi vida. Para ganar dinero suficiente con el que poder sobrevivir había que tener al menos tres rutas y ello suponía hacerlas todas corriendo. Cabe recordar que en esta ciudad la mayoría de los edificios, antiguos pero bien conservados, no disponen de ascensor y que el cliente lo que desea no es sólo el periódico sino escuchar cómo éste se desliza por la rendija de la puerta, saber que pronto tendrá que levantarse, preparar el café, comenzar la rutina implacable y deseada del día. El trabajo consistía, pues, en bajar de la bici rápidamente, justo al pie de cada portal, sacar el manojo de llaves, encontrar la llave correspondiente (numerada) o el código de la puerta, sacar los periódicos (yo tenía 5 diarios distintos) y dejarlos caer suavemente dentro de la rendija de la puerta del abonado. Sencillo, limpio, satisfactorio. De todos los trabajos que he tenido en mi vida, el único, pasados los primeros días (al principio uno confunde calles, números, apellidos, periódicos), que nunca me ha producido irritación, frustración. Objetivo, mecánico, solitario. Terminado, cerrado, concreto.

...

Son las 4 de la madrugada de un día cualquiera y aquí estoy sentado en mi despacho, junto a mi ordenador, empecinado en realizar un trabajo, que según todos los parámetros, se ajusta milimétricamente a mis cualificaciones. Quizá objetivamente, por encima de mis cualificaciones –justo es reconocerlo–. Tengo insomnio y siento esa punzada de dolor que me da el haber hecho una pregunta errónea o inadecuada en clase, haber escrito un comentario demasiado duro, no haber sabido motivar a uno de mis estudiantes. Ando dándole vueltas a errores, situaciones del día, comentarios inapropiados, gestos feos..., y entretanto, contrariado, miro la curva detestable e indecente de mi barriga. Son las cuatro de la mañana, sí, y no puedo dormir y oigo el abrir violento de una puerta –la de mi portal– en la noche, unos pasos acelerados subiendo las escaleras y el roce del papel contra el metal de la ranura de la puerta. El periódico que cae sobre el felpudo que tenemos en la entrada: un sonido perturbador que sin embargo me alivia. Lo reconozco de inmediato. Como en trance me dirijo con paso cansino hacia la entrada y mientras recojo el periódico del suelo me pregunto qué títulos y sueños traerá ese muchacho debajo del brazo. Y una sonrisa se esboza en mi rostro pensando en aquella lejana conversación telefónica con mi madre y quiero saber entonces quiénes de sus vecinos, tal vez los más beligerantes, han descubierto ya qué clase de periodismo ejercí».

La enciclopedia de mi madre

A Conchi

En la clase de historia mis alumnos siempre me ponen a prueba, o al menos así lo siento yo. Es una cuestión de percepción, lo sé, pero es tan difícil no sentirse amenazado por la angustiosa certidumbre de todo lo que uno no sabe ni jamás sabrá.

Parapetados en sus potentes ordenadores portátiles desde los que toman notas o se esconden del aburrimiento que les contagio, o se mandan mensajes o chequean en el *facebook,* a veces salen de la modorra a golpe de preguntas, entre la diversión y la burla, respetuosos siempre en apariencia, aguijoneados, tal vez, por la curiosidad, y yo me siento como un concursante novato e inseguro, a punto de participar en su primer y último concurso. El primero hoy en abrir fuego ha sido Rolf, que inmisericorde, me ha preguntado por la fecha de la batalla de Salamina. Debía saberlo, lo sé. Pero hay tantas cosas que olvido y muchas más que siempre ignoraré.

Cuatro o cinco de ellos, con un gesto disimulado de superioridad, han levantado sus brazos y contestado al unísono, leyendo en voz alta el artículo correspondiente de la wikipedia, con la seguridad pavorosa de que todo lo que allí se encuentra es cierto, exacto, verdadero, indiscutible. Y yo he sonreído y añadido balbuciente un comentario parcialmente ininteligible que se refería al valor simbólico de esa batalla para Occidente y he citado a un tal Cercas, un escritor español, he dicho, que extrañamente escribió una obra que aludía a la batalla. Ya nadie me escuchaba porque el timbre había sonado y todos iban camino de la cantina dispuestos a tomarse sus sandwiches de huevo duro y gambas y sus ensaladas de pasta.

Solo y apesadumbrado, hundido en mi silla de profesor sin tarima, ni memoria, ni conocimientos he tenido la intuición de que vamos por el mundo aparentando cosas que no somos, pavoneándonos de conocimientos que no tenemos, negando vilezas que probablemente sí cometimos. Y he pensado en mi madre y en una enciclopedia suya –manuscrita e inacabada– que empezó a escribir en el verano de 1997. Y he descubierto entonces, como en una revelación, su honesta manera de no entender el mundo.

Al llegar a casa –inexplicable, pero estas cosas ocurren– ha sonado el teléfono y era mi madre haciendo uso de sus quinces minutos de *Telefónica*. Yo estaba algo melancólico, decaído, y por ello muy parco en palabras. Sólo hemos hablado un poco de los nietos, el tiempo y la inmensa suerte que he tenido con la mujer que se ha casado conmigo. Al final de la conversación, como saliendo de mi aturdimiento, le he preguntado por su vieja agenda. Por toda respuesta me ha dicho: *No te cachondees de tu pobre madre.* Al colgar me he prometido escribir esta historia para no olvidarla, tal vez para salir yo mismo de mi propio desconcierto.

«Mi madre escribía en su agenda con letra garabatosa e insegura:

Vargas Llosa se casó con su tía y ese dato autobiográfico se refleja en su conocida novela "La tía Julia y el escribidor".

Acababa de anotar, exhausta por el esfuerzo, contenta sin embargo de acumular sabiduría apenas sin notarlo, como quien no quiere la cosa, alentada por el hormigueo incesante de una nueva curiosidad que la dominaba, que la absorbía y la condenaba a anotar caligráficamente, con felicidad, detalles disparatados y disparejos en su cuaderno secreto.

El mundo se le escapaba de lo grande que era, no podía abarcarlo, era inmenso e indescifrable, pero su agenda, caducada en fechas y citas, le había devuelto un poco de orden al caos no formulado de su existencia.

– Lee un poco más, mamá, así aprenderás cosas nuevas –le había dicho yo en más de una ocasión, sin más intención que la de molestarla o quitármela de encima.

Pero mi madre se lo había tomado al pie de la letra. Ella es así. Cualquier comentario mío, por desatinado o desconsiderado que pudiera parecer, se incrustaba en su corazón con esa fuerza elemental y ciega de la lealtad materna.

Desde entonces, cualquier recorte de periódico, cualquier folleto por extraño que pareciera, podía pasar a formar parte de su acervo cultural, de ese extraño libro de la vida en que fue convirtiéndose su agenda. Bastaba con que la información fuera registrada y considerada por ella como relativa a la *cultura* para que se aplicara a la labor con esa inexplicable intensidad de quien descubre algo por primera vez y se aferra a ello como un principio turbador, reorganizador de la existencia.

Escribía paciente e ilusionada, sin atisbo de rubor, con disciplina:

Dinamarca es un país de 5 millones de habitantes. Su monarquía es una de las más antiguas del mundo y su reina se llama Margarita.

Ella es así. Hermosa y combativa en su permanente ignorancia, en su súbito deseo de aprender desordenado, intenso, anárquico e impulsivo.

– ¿Se dice "olor" o "loor" de multitud? – me interrumpía en medio de una conversación telefónica–. Es que me gusta saber –añadía–. El otro día Marina me dijo que se decía "olor" y como a ella siempre le gusta llevar la razón…

– Míralo en un diccionario, mamá –volvía a recomendarle yo, profesoral y distante.

- Por eso te pregunto a ti –y se enredaba en una larga y disparatada explicación.

El tiempo pasaba y aquel cuaderno crecía en volumen e intensidad, recorrido de metáforas inverosímiles, víctimas de la casualidad y el sentido común, que son las metáforas que perduran. Esos fragmentos, cortos y dispersos, parecían haber ido tejiendo, sin saberlo, a través de meandros imaginarios, de círculos concéntricos sin dibujar, una densa ruta de abigarrado conocimiento esotérico y terreno que llevaba a sus lectores furtivos –sólo yo, que yo sepa, aprovechando las largas estancias de mi madre en la cocina– de la vida privada de escritores a los que nunca leería o actores ilustres a los que era incapaz de distinguir en una película a la geología mineral de países lejanos o a la química amarga de los deseos. Todo cabía hermosamente en ese cuaderno inútil de la vida, todo tenía un espacio y un orden sentimental y jerárquico, empujado por un aliento invencible al desaliento, la necesidad de aprender sin saber cómo, de vivir para anotarlo, para contarlo en esa enciclopedia imposible de la vida, difícil inventario de pasiones sin sentido».

Hoy me ha vuelto llamar. Es verdad que llama todos los días, pero la llamada de hoy ha sido algo especial. Ha dicho, acelerada y con urgencia, como temiendo que se le olvidara, o que no la entendiera, o que la noticia, extrañamente, caducara:

«Tu tío Román ha intentado localizar a tu padre en el móvil durante toda la mañana pero a tu padre se le había olvidado en casa. Y ahora ha vuelto a llamar –continuó casi sin aliento–. Ha leído en el periódico –se refiere al *Sur*, claro– que –hizo una pausa como para coger fuerzas– ...Dinamarca es el país más feliz del mundo».

–¿Mamá, mamá? –interrogo creyendo que la línea se ha cortado.

– El más feliz del mundo, ¿te das cuenta?

Y continúa convencida de que esa verdad proclamada por mi tío –como los datos exactos de la wikipedia con los que mis alumnos me humillan– no sólo no podía dejarme indiferente sino que tenía que provocar mi incondicional lealtad y sometimiento a este maravilloso país. Inyectar alegría al tono melancólico de mi voz en la distancia.

Mientras me habla –como siempre que me habla–, sorprendido por la noticia y extrañado de que de esa porción de felicidad nacional me hubiera correspondido tan poco, me meto en la red. Parapetado en mi potente ordenador, ajeno ahora al rumor de la conversación –su monólogo–, tecleo las palabras *felicidad* y *Dinamarca*. Efectivamente, la red me devuelve generosa la confirmación esperada: Dinamarca, con su democracia, su igualdad social y su atmósfera pacífica, es el país más feliz del mundo, eso dice la *Encuesta de Valores Mundiales*. En esa misma encuesta, España se sitúa hacia la mitad de la tabla, en el puesto 44 de los 98 evaluados.

– Sí, mamá –le confirmo–, lo acabo de leer en el ordenador.

Mi madre suspira aliviada. Hoy ha sido ella quien ha colgado antes de alcanzar los 15 minutos que *Telefónica* le concede al día. Ahora no la escucho ni la veo pero me cuesta muy poco trabajo imaginar cómo se dirige a la mesita donde guarda la vieja agenda, se pone con lentitud las gafas, agarra el bolígrafo y en una de las páginas vacías, cualquier página de su agenda de 1997, escribe, triunfante y satisfecha:

Dinamarca es el país más feliz del mundo y mi hijo y mis nietos viven allí...

El náufrago metódico

A Juan Ruiz

Cuando se pone insistente a mi padre no hay quien le gane:

– Me voy a ir a una residencia –me ha dicho nada más ponerse al teléfono– ¿A ti qué te parece?

– A mí me parece mal –le he contestado–. Uno tiene que estar en su casa –*resistir* parecía decir– mientras pueda.

Se ha callado. Creo que mi respuesta le ha parecido obstinada, atrevida tal vez, hasta poco respetuosa.

– He visto aquí en Dinamarca a muchos viejecitos encajonados en sus residencias esperando tristemente la llegada de la muerte –he añadido para reforzar mis argumentos–. No me parece una forma natural de morir, papá, sin contacto con los tuyos, con los hijos –le he dicho y he sentido el malestar que da saberse tan lejos y tan poco dispuesto a traerse a un padre a su propia casa.

Maldigo el individualismo al que nos ha condenado nuestra sociedad, la indiferencia a la que me he condenado yo mismo, y cuelgo resignado. ¿Qué puedo hacer? Claus me acaba de mandar un mensaje al móvil: *A las 6 en el club de tenis*. El mundo sigue y yo estoy tan lejos. Qué suerte para mi conciencia. Son las tres y media de la tarde. Me quedan un par de horas de trabajo en la universidad. Debo corregir, leer o hacer algo que me evite esta desazón. Olvidar, por supuesto, la conversación con mi padre, ahora que empieza a incomodarme.

Al colgar he apagado la luz blanca y aséptica del techo. Demasiada claridad para mi estado de ánimo. Mi despacho ha quedado en penumbra. Un tenue hilo de claridad penetra débilmente por la ventana que da a mi mesa. Estoy sentado en una posición relajada, feliz la suelo pensar: los pies encima de la mesa, la cabeza ligeramente inclinada hacia atrás, pero no mucho, la espalda algo combada contra el respaldo de la silla; el pequeño flexo iluminando el texto por el lado izquierdo. Suena de fondo, enigmática y casi imperceptible, una pieza de piano de Thomas Koppel, "Improvisationer". Busco crear una atmósfera que me limpie del hastío moral y la indiferencia que siento. Enterrar la conversación con mi padre, renunciar a la responsabilidad moral que corresponde a cada uno de mis actos, a cada una de mis omisiones. Hay veces –me digo–, cuando el alma se resiente y el corazón se resquebraja, en que la poesía se convierte en un bálsamo con el que curar heridas y lamer llagas que supuran. Leo en voz alta –sólo así sé leer poesía– unos versos de Luis Rosales. Imposto mi voz, me siento otro y recito:

Autobiografía

«Como el náufrago metódico que contase las olas que le bastan para morir;
y las contase, y las volviese a contar, para evitar errores... »

Han llamado a la puerta de mi despacho. Interrumpo mi lectura. El departamento esta vacío, ya no queda nadie. No me sobresalto pero siento cierta inquietud, la molestia de que alteren mi soledad y todo ese simulacro de trascendencia que he preparado. He dicho *adelante* conteniendo mi irritación y Lisbeth, una alumna de último año, ha entrado en mi oficina. Me ha dicho en tono suave y bajito, como para sus adentros, que quiere que le dirija su tesina. Amable e interesado, saco mi libreta y empiezo a tomar notas.

– Soy enfermera –me cuenta– y quiero investigar si la gente se muere de manera distinta en España y Dinamarca.

Al principio parezco no entender. Pero ella se refiere a la manera de percibir la muerte, de afrontarla, de hablar de ella, de sentir su aliento, de convivir con ella, de situarla en nuestras vidas o expulsarla razonablemente de nuestra cotidianidad. La he mirado perplejo y he sentido vergüenza al repasar mi lista de temas de memoria de licenciatura: la cortesía, la negociación intercultural, la percepción del tiempo en el mundo de los negocios ...

– He visto a tanta gente morir... –y su voz se arrastra y parece perderse en un denso bosque–. He visto la muerte en los ojos de muchos pacientes y he sentido su angustia, su sentido de pérdida y olvido. La muerte es sólo eso –me susurra–, una forma de olvido inexorable y definitivo.

Me asalta entonces, desprevenido y sin defensas, el recuerdo de mi abuela y su demencia progresiva y dulce, que la llevó a la desmemoria, al abandono involuntario de sí misma.

–¿Usted qué hace ahí? –me interrogaba agresiva, cuando me acercaba a su silla de ruedas–. Que sepa usted que esta casa es mía y que no admitimos extraños.

–Abuela, soy yo, tu nieto.

–¿Mi nieto, qué nieto? Yo no tengo ningún nieto. Haga usted el favor de no tomarme el pelo que ya soy muy mayor.

46

Me acerco y la beso en la mejilla. Está tan viejita y tiene esa cara tan suave, de agua fría y jabón lagarto verde.

– Qué guapa eres, abuela –le susurro.

Y como si despertara de un largo sueño me responde con vehemencia, sorpresivamente lúcida:

– Quien tuvo retuvo.

Y sonríe coqueta y se pierde y se va otra vez para siempre. Y allí estaba Lisbeth de nuevo, relatándome el dolor diverso de sus pacientes.

Lisbeth siempre se sentaba en la fila de atrás; callada y reservada anotaba perserverante en su cuaderno mientras yo, ensimismado en mis propias elucubraciones, perdido en mis pensamientos, ensayaba una explicación que nunca sabía adónde me llevaría. Analizábamos las primeras páginas de un texto de Arrabal, *Baal Babilonia,* creo que se llama. Para variar no tengo ni idea de lo que voy a decir y mis ojos imploran suplicantes la ayuda inteligente de mis alumnos. Cualquier reflexión que me saque de ese atolladero.

Entonces ella levantó la mano, un brazo largo y delgado que salía de una silueta vaporosa, casi transparente, y me hizo notar, a partir de su lectura personal y poética del texto, que la infancia es ese período de nuestra vida donde el olvido no tiene espacio, el paisaje moral, el ámbito definitivo y delimitado donde echamos las raíces de lo que somos.

– Somos siempre, a pesar de las mudanzas, el niño que fuimos. Es nuestra afirmación de la vida, nuestro rechazo de la muerte. Cada vez que el abandono o la muerte me acechan –es lo mismo–, me refugio en el paisaje imborrable de mi infancia. Siempre rememoro un verano luminoso y feliz, siempre el mismo, en donde apenas llovía, y donde me muevo serena y segura, melancólica pero no triste, sentada en el asiento trasero de una bici verde y ahora oxidada, conducida por mi abuelo. Es el bosque, y la playa y la casa donde pasé todos los veranos de mi infancia, mientras mis padres, divorciados, hacían sus vacaciones por separado y sin mí. Puede sonar triste, pero no lo era. Fue en ese momento donde la vida se me pegó a la piel, al código secreto de mi alma. Huelo aún la humedad salina de la playa, y siento el frío suave del helado de fresa que mi abuelo me compraba cada tarde, derretido, cayendo sobre mi boca, embadurnando mi cara y mis manos, ensuciando mi vestido. La lluvia aparece de vez en cuando, pero sólo tras los cristales del saloncito de la casa, y me siento pura y feliz.

Lo dijo en un tono melancólico y sin estridencias, sin pretensiones. Sin ánimo de llamar la atención. Sin rubor, a pesar de su timidez y de estar delante de veinte o treinta alumnos. Como si al formularlo públicamente recuperara la inocencia perdida con los años.

Así la conocí. Desde entonces nuestra relación se limitaba a saludos cordiales por las pasillos o a la entrada de clase y una sonrisa aparentemente de cortesía, pero que ambos sabíamos que era complicidad y compenetración, como si sin hablarnos hubiéramos establecido una suerte de comunicación espiritual. Ahora estaba allí medio escondida en la penumbra de mi despacho, sentada en el pequeño sofá situado a la izquierda de mi escritorio. Apenas la miro porque sé que mi mirada la puede intimidar y su fragilidad contradictoria y desafiante me puede condenar a mí a buscar en cada cuerpo deseado el rastro perdido de su alma. No deseo ese castigo. Es una mujer atractiva de unos cincuenta años. Estudia español porque le gusta la música de las palabras, me dice. He aceptado la propuesta. Aunque lo oculto estoy casi estusiasmado. Después de tantas tesinas dedicadas a las diferencias culturales, digamos, superficiales, viene alguien que me invita a indagar en mí mismo, a rasgar la superficie para penetrar en lo que realmente somos, mucho más que piel y cuerpo, alma en un sentido difuso y poético; algo más que materia y racionalidad, emoción y sueños. Trascendencia tal vez.

Se va tan silenciosa y discretamente como llegó dejándome un pálpito de duda y vida. Ha provocado en mí una lluvia incesante de recuerdos que no sé cómo controlar y que sólo lejanamente puedo intuir de qué manera se relacionan. Ha abierto en mí una extraña caja de Pandora. Vuelvo a mi lectura, no sin cierto desasosiego, pero ahora se entremezclan en una misma historia la charla con mi padre y la visita de Lisbeth:

«...hasta la última,
hasta aquella que tiene la estatura de un niño y le cubre la frente ...»

Y mis recuerdos se hunden en aquel oleaje salinoso y sereno.

– El salitre es muy bueno para el reúma –dice Jerónimo, un vendedor de electromésticos jubilado de *Holanda Radio,* un amigo de mi padre–, y se marcha, con trote ligero, hacia la orilla de la playa.

Son las 7.00 de la mañana y hemos iniciado los baños matinales del verano. Señoras y señores maduros, me parecen a mí, ellos panzudos y velludos, tan entrañables, con sus bañadores gigantes meyba y sus ostentosas barriguitas;

ellas bajitas y de anchas caderas, con gorro de nadar y mucho frío en el cuerpo y la nariz roja. Yo soy el único niño. Cosas de mi padre. El salitre es muy bueno para el reúma –me ha dicho–. Y quiere curarme, de manera naturista o mágica, un pequeño dolor, levísimo, que tengo en mi talón izquierdo.

Mi padre entra parsimonioso, seguro, en el agua. Yo voy de su mano. Tengo unos siete años, llevo un bañador rojo y blanco, y una cara de sueño. Y es una playa del Rincón de la Victoria, de cuando el Rincón era un pueblo y por las noches se contaban historias de la última escapada de El Lute. Entro de su mano y cuando ya no hago pie me subo a sus espaldas, anchas y de hombros flácidos, y me dejo llevar por su nado de pez gordo y silencioso. Oigo su respiración, lentísima –ahora mismo la percibo otra vez, profunda y lejana–, y me agarro con fuerza a su cuerpo que me parece inmenso, como el de un guerrero mitológico, y pienso, con la certeza de mis siete años inciertos que nunca me podré hundir si voy sobre sus espaldas, que nunca me podré morir si estoy a su lado.

Este recuerdo, imprevisto y motivado, me sorprende, me sacude y me alarma. Se superpone a la llamada de mi padre, a su tono suplicante, a su penoso respirar al otro lado del teléfono.

Deben ser casi las cinco y media. Me apresuro. Salgo del despacho, del edificio sombrío del departamento, tomo la bici y me olvido casi al instante de la conversación con mi padre, de la tutoría con Lisbeth, de mis recuerdos tan proustianamente desordenados.

Fuera chispea y un viento molesto frustra mis expectativas de un buen partido de tenis. Siempre subo por la misma, casi única empinada calle de Århus, Langelandsgade. Subo despacio porque mi fuerza deja mucho que desear, pero también –me conformo– porque no me gusta sudar con ropa de calle. Siempre subo por esa cuesta camino del trabajo o del club de tenis, y siempre encuentro, no importa la hora ni el momento del día, a una mujer de unos cuarenta años, vestida en ropa de chándal, su hermoso pelo rojo recogido en un moño, su rostro tenso y concentrado. Camina con la dificultad que su discapacidad le impone. Me parece que tiene grandes dificultades para coordinar sus movimientos, sobre todo de la parte izquierda de su cuerpo. Pero camina por esa cuesta para arriba y para abajo con una obstinación heroica y singular que me seduce, zarandeando violentamente mi autocomplacencia. La miro fascinado, con un respeto reverencial, mientras sube y baja, en ese esfuerzo titánico que es para mí una invitación a la vida, una lección. Esta visión contamina extrañamente las otras experiencias vividas esa tarde.

Tengo ante mí un puzle que no sé todavía qué imagen o dibujo representa.

Al llegar a casa he puesto la tele. Me molesta el silencio, me produce un asfixiante sentimiento de soledad. *Las autoridades brasileñas continúan buscando los restos del avión siniestrado...*, y zapeo a toda velocidad incapaz de soportar la dimensión del dolor que esa noticia me provoca. Siento miedo y escapo. Otra vez.

En casa no hay nadie. Mi mujer ha dejado una nota escrita con rotulador rojo encima de la mesa del comedor: «Llegaremos tarde a casa. Calienta la lasaña que te he dejado en el horno. Besos». También ha dibujado un corazón, diminuto y compasivo, al lado de su nombre.

Mientras ceno solo en la cocina, sin entender nada de lo ocurrido, intento terminar de leer este poema que se me ha resistido durante toda el día. Mi padre, y Lisbeth, y el recuerdo entrañable de mi abuela, y la pelirroja hermosa y obstinada, y el corazón compasivo y rotulado de mi mujer siguen siendo piezas sin encajar, esparcidas sobre la mesa de la cocina.

Ya no hay impostura, ni simulacro, ni desesperado deseo de huida, sino una decente y franca aceptación de mi fracaso. Leo, y la voz que sale de mí es yo mismo, un náufrago metódico y rendido, en soledad, desnudo y casi sin fuerzas:

«... así he vivido yo, con una vaga prudencia de caballo de cartón en el baño,
sabiendo que jamás me he equivocado en nada,
sino en las cosas que yo más quería.»

La derrota

A Fernando

«*Yo no quiero domingos por la tarde;*
Yo no quiero columpio en el jardín;
Lo que yo quiero, corazón cobarde,
Es que mueras por mí.»
Joaquín Sabina, '*Contigo*'(1996)

Camilo es un buen tipo, un tipo básicamente
noble, alejado de toda maldad, simple en su forma más pura. Viene a mí. Aún no se ha quitado
esa gorra que le da un aire moderno, superficial,
pero al mismo tiempo interesante, y me abraza
casi teatralmente. Viene a mí, se sienta en el comedor de mi casa, rechaza una copa de vino.
Tengo que manejar, me dice, *mejor una cerveza*, y
sin preámbulos me habla de su mujer como de
una pérdida profunda, casi antigua, tan dentro
de su propio universo que su ausencia le provoca heridas en la voz y en los ojos, le resquebraja
su cuerpo que mantiene tan sólo aparentemente
unido. Es un tipo fuerte, no muy alto pero forni-

do, que muestra sin embargo una fragilidad evidente, casi suplicante. No sé si es el tono de su voz o la forma inconfudible en que apoya sus manos largas sobre la mesa del comedor, inseguras, con un leve tic, como de pianista novel a punto de dar su primer concierto. Hay una fragilidad contagiosa que me impele a abrazarlo como a un niño pequeño y desvalido que enseña su rostro y sus manos indefenso.

– Cuando al principio de conocer a Laura me levantaba por las mañanas a su lado no entendía que aquella mujer tan bella, que irradiaba una luz propia fuera la mía. Te juro –me decía–, que no alcanzaba a comprender la suerte que me había correspondido –y un brillo mate aparecía en sus ojos marrones.

Su confesión, tan ingenua, tan previsible después de una ruptura siempre amarga, no me conmovía, aunque extrañamente me conducía al centro de mi propio fracaso, al corazón de mi propia pérdida. Sus palabras, su relato lastimero, sus quejas dejaban de ser suyos para convertirse en mi propia historia enunciada cómodamente, con cierta lejanía, en la voz de otra persona, como si esta pequeña distancia, este artificio retórico me permitiera adentrarme en mí mismo con menos peligro y más profundidad, como si mi dolor enajenado en el suyo, o al revés, obrara

una suerte de engaño, de simulacro eficaz y te-
rapéutico: todo lo que yo no era capaz de reco-
nocer(me) ni de decir.

Abrió por fin su cerveza, se quitó la gorra, se
sirvió lentamente. Sus ojos, que habían perdido
ya el brillo mate de hace unos instantes, parecían
interrogarme ansiosos, buscando en mí respuesta
a su desvarío.

– No comprendía mi suerte –repetía.

Su insistencia no hacía más que alejarme de
él, rechazarlo, sentir más vergüenza que pena,
verlo como un pelele ridículo, incapaz de haber
elegido su destino, sometido caprichosamente a
la elección absurda, aleatoria, cambiante, de una
joven hermosa e inmadura. Así pensaba inci-
pientemente, pero conforme esa idea se iba ins-
talando dentro de mí, su propia historia, sus me-
lodramáticos sentimientos también se me iban
transfiriendo, adhiriéndose a mi piel. No acababa de entender que una actitud tan débil como la
suya, tan poco fundamentada, se fuera apoderando de mí. Era como sentirse poseído.

Algo debió notar Camilo, que aligeró la tensión de sus dedos, como el pianista que ha iniciado con precisión su concierto y ha conseguido
olvidarse del público, dedos más ligeros por la
ejecución, más certeros, más seguros de sí, mien-

tras echaba su cabeza, ya descubierta, hacia atrás y tomaba un nuevo sorbo de su cerveza.

– La felicidad era tan intensa, la luz tan cegadora –añadía.

Percibía yo entonces que por debajo de ese sentimiento a todas luces absurdo e indiscutiblemente cursi, había un mensaje que conectaba directamente con mi corazón. Empecé a recordar casi sin quererlo una mañana de noviembre de hace más de veinte años. Sofía yacía a mi lado. Era una más en esa lista interminable de amantes que tuve por aquel tiempo. Ella sin embargo había elegido quedarse. Habíamos hecho el amor y en el duermevela de un corto amanecer, observaba su cuerpo desnudo, ovillado en sí como protegiendo un tesoro, sudoroso y terso, de una armonía devastadora. La felicidad era tan intensa, la luz tan cegadora, pensé entonces, pensaba ahora al hilo del recuerdo inoculado por las palabras de Camilo. Y descubría también que aquel sentimiento excepcional, intransferible, rescatado del tiempo, recobrado extrañamente de la memoria, era mío, inequívocamente mío. Daba igual que las palabras de Camilo lo hubieran invocado o que la intensidad de su deseo fuera igual al mío. Aquello que yo sentía ahora, veinte años después, era una emoción única, desgarradora, de una soledad insondable. Nadie, ni Camilo con su patética sensación de pérdida, ni Laura con su lacónico abandono, ni tan siquiera Sofía, en su fetal ensimismamiento tenían nada que ver con aquello. Y esta revelación perturbadora no hacía más que reforzar mi convencimiento de que el amor en ese grado de intensidad sólo existe en el interior de uno mismo. Me sentía tenso y abatido, varado en la misma playa donde de manera recurrente culminan todos mis sueños. Agotado y solo. Definitivamente perdido.

– ¿A ti también te pasó lo mismo? –la pregunta de Camilo, como un zarandeo, me devolvió a la realidad.

– Yo nunca he tenido un sentimiento así –le mentí, consciente del peligro que suponía identificarme con su relato.

Camilo retrajo la espalda un poco hacia atrás y dejó balancear su cabeza de delante hacia atrás mientras expulsaba una bocanada de aire. Una expresión sin duda de alivio, que quería mostrar el convencimiento de lo extraordinario de su amor por Laura. Parecía satisfecho.

– Sin embargo –continué–, puedo entenderte. O creo que puedo. Todas las experiencias son únicas, pero todas se parecen –añadí y mientras me escuchaba me iba arrepintiendo y sintiendo bochorno de lo que había dicho.

Para decargar de banalidad el eco de mis palabras hice una pausa histriónica, le ofrecí otra cerveza a Camilo y llené por segunda vez mi copa de vino. Quería evitar a toda costa cualquier sombra de dramatismo en nuestra conversación y sin embargo no sabía cómo parar la confesión de Camilo.

– Por eso la traición produce más desgarro – reflexionaba Camilo en voz alta– cuando uno cree que jamás abandonará ese puerto al que tanto trabajo le costó llegar.

Y de inmediato, como provocado por un fogonazo, vi el cuerpo de Sofía varado en la misma playa que yo, yaciente, desnudo y bañado por el sol suave de la mañana, y me vi desde fuera, probablemente desde detrás de mi propio cuerpo, acercándome a él, como si su cuerpo fuera una extensión de la playa, escalándolo hasta alcanzar su pechos, rociados de sal y arena; miré su rostro sereno y súbitamente sentí mi boca chupando sus pezones púrpuras, primero suavemente, casi con miedo, succionando un néctar que de ellos manaba, pero más tarde con furia, mordiéndolos hasta hacerles daño, hasta hacerles brotar sangre. Me sorprendí golpeando, ahora ya sin expresión, su boca inánime, pegándole desordenadamente, sus brazos contra los míos, aunque paradójicamente era como si yo estuviera zafándome de sus ataques, como si estuviera defendiéndome de su pasividad, de su indolencia, de su mirada sin rumbo, vacía para siempre. Gritándole te odio, te odio, nunca te perdonaré, mientras sentía su cuerpo desvanecerse debajo del mío, perder forma y volumen hasta confundirse con la arena, desparecer entre sus granos, sin rastro de su existencia. Y quedarme paralizado, con mi rostro sombrío embadurnado en sangre oscura, hasta que la tensión de mis músculos o el cansancio de mi cuerpo me hicieran despertar del sueño y caer exhausto en un llanto seco, prolongado y vacío. Así me sentí yo y eso quise explicarle a Camilo, pero sólo tuve valor para decir con un convencimiento fingido, racional:

– Pero el amor no es llegar a ningún puerto, sino navegar sin decanso, a veces a la deriva, en busca de un puerto. Tu error –el mío quise decir– estuvo en aferrarte con tanta fuerza al primer puerto al que arribaste.

Camilo parecía confundido. Mis palabras, desde lo que suponía una meditada experiencia, lo sorprendían al tiempo que lo llenaban de congoja y desesperación. Como si hubiera acertado de lleno con mi juicio, como si aceptara que contra aquel diagnóstico certero no quedaba más respuesta que bajar los brazos y asumir la derrota. Su derrota. Mi derrota. Y mientras, con el rostro babeante y la mirada vacía intentaba Camilo buscar consuelo en su abandono. En silencio, dando sorbitos pequeños a la cerveza ya tibia, meciendo rítmicamente su cabeza de delante hacia atrás, asintiendo, diciendo que sí, que no pudo ser de otra manera, que es tan obvio, tan claro. Que mis palabras le devuelven a la realidad, a la cordura de los hechos, los puros hechos, los que todos pueden ver cuando se han desprovisto de sus artificios y máscaras, protecciones equívocas, fronteras que inducen al error. Camilo se aleja en su viaje de ida, desengañado, rencoroso, abismado en el error mientras yo en un insólito viaje de vuelta regreso indefectiblemente a aquel puerto primero. Y percibo una luz que emana de mí mismo y te busco y justo en el hueco dejado por tu ausencia en el momento de tu partida estás tú, sin heridas ni marcas de nuestra batalla, apoyado tu cuerpo sobre una especie de pared natural formada entre la playa y los matorrales, que al fondo, dan comienzo a un bosque de pinos y dunas. Desovillada y atenta, allí estás. Y esta vez sí abres tus brazos, que antes en cruz me rechazaban, hacia mí, y tu cuerpo todo. Y me dejas penetrar en él sin resistencia ni rechazo como un acto final y definitivo que llevabas tiempo esperando. Y enlazas tus brazos alrededor de mi cuello y enganchas tus piernas detrás de mis piernas, por fin nuestros cuerpos mecidos por el rumor cercano y salinoso de las olas.

Me he despertado del sueño. Coloco mi mano derecha sobre el hombro izquierdo de Camilo. Le palmeo la espalda. Le alcanzo un pañuelo para que se seque las lágrimas. Se ha puesto de pie, se ha calado su gorra. Se disculpa y se excusa diciendo que tiene que recoger dentro de media hora a sus hijos. A punto de marcharse me sonríe con melancolía:

– No sabes cuánto me ayuda hablar contigo.

Nos abrazamos. Salgo a la calle a despedirlo. Y escucho todavía el rumor de las olas, y siento el salitre al respirar, la maravillosa sensación de mi cuerpo salado, un sol tibio acariciándome.

El oráculo de Rupiá

A Giacomo, porque estuvo allí.
A Nuria y Enma, por haberme escuchado
tantas historias

En realidad esta carta debería haberla escrito hace más de tres semanas. Justo cuando Yacomo nos comunicó la triste pérdida del oráculo. Karina y yo estábamos muy unidos a él. Al oráculo, me refiero.

Somos gente muy sensible, ya lo habréis notado, atenta a casi cualquier señal que el universo se digne a enviarnos, y por eso toda pérdida o sustracción, ausencia o extravío, nos llena de congoja, nos conmueve.

Para nosotros fue como un compañero más en las apasionantes excursiones a L'Escala, mientras buscábamos un coche de alquiler entre las innumerables inmobiliarias que cerraban siempre y sin excepción entre las dos y las cinco de la tarde, o recomendándonos la música que debía acompañar nuestros trascendentales momentos de retiro y meditación; a veces, indicándonos la ruta más adecuada para encontrar una playa paradisíaca o un restaurante que sirviera anchoas que, sin embargo, no alterara nuestra estricta dieta vegetariana.

Yacomo lo invocaba, y allí estaba él, sin histrionismo ni rubor, haciendo cumplir nuestros modestos deseos con eficacia, humildemente, dispuesto a confirmarnos en medio de la lluvia incesante de L'escala que las inmobiliarias estaban efectivamente cerradas, que los autobuses ya habían pasado, que Estados Unidos se debatía entre la crisis o el paroxismo por un desacuerdo insignificante entre Obama y sus secuaces, por un lado, y un grupúsculo que se reunía para tomar el té en algún lugar fino de Boston, que la anchoa, en fin, no era ningún vegetal. El mundo era tan complejo y nosotros andábamos tan retirados y místicos que daba gusto ceder protagonismo –y hasta responsabilidad– al oráculo de Yacomo. Fue él –nunca lo olvidaré– el que nos aconsejó caminar desde Rupiá a Parlavà (excitante travesía, sobre todo cuando los camiones a su raudo paso nos desplazaban unos metros sobre la cuneta) para coger un taxi que previsiblemente venía de Flaça, y que nunca llegó, a pesar de las indicaciones precisas y meditadas que Yacomo suministró, en un catalán casi perfecto, al taxista del pueblo. 'No pasa res', seguía balbuceando un Yacomo ofuscado y confundido, hora y media después, en el autobús atestado de japoneses que nos llevaba, otra vez, a L'Escala.

Su servicio más memorable en aquellos días de yoga y lluvia fue sin duda a la vuelta de Cadaqués. Supongo que por las curvas o por la nostalgia o el cansancio que debe provocar disponer de tanta información, tanto conocimiento, decidió morirse como un reloj daliniano, derretido metafóricamente entre un suave paisaje de colinas mediterráneas, coches de rentacar frenando innecesariamente en cada giro y un pasaje apretado de cinco yoguis con ojos entornados. Lo hizo inopinadamente, como se rompen siempre las cosas que necesitamos que funcionen, justo en ese momento donde tomar una decisión se convierte en una cuestión de vida o muerte, o más prosaicamente, cuando los caminos se bifurcan y alguien –el conductor, que era yo– tiene la obligación de girar a derecha o izquierda para no salirse de la carretera. Se diría que la providencia (el sucedáneo cristiano de los oráculos) hubiera escuchado nuestras plegarias de yoguis pranayámicos o ensimismados, porque allí estaba Isabel-le, copiloto ocasional, posando sus dulces y pequeños ojos sobre un mapa de Girona, ininteligible y minúsculo, buscando a la desesperada el camino de vuelta para Rupiá. El esfuerzo considerable de poder leer el mapa, de interpretarlo sin caer en el desánimo y el mío, no menor, de entender lo que asertivamente me decía Isabel-le en su francés parisino, hicieron el resto: Llegamos una hora más tarde de lo previsto a la clase de técnica del inefable Borja. Aunque a mí aún me dio tiempo para escuchar el segundo de *relaaaaaaax* de Elena y quedarme profundamente dormido.

Fue paseando por La Herradura, el pueblo donde veraneamos, donde vi, entre los topmantas que se ponen a la caída de la tarde en el paseo marítimo –o creí ver–, un oráculo de características muy similares al que pertenecía a Yacomo. Severo Abogo, un amigo guineano de Bioko, lo tenía sobre su esterilla, y me lo ofreció.

– Cómpralo, tiene buen precio y funciona perfectamente –me animó.

Lo dudé porque, aunque honesto de natural, no pude menos que sentir la atracción –la tentación debí decir– que semejante instrumento ejercía sobre mí desde mi estadía en Rupiá.

– Escucha, amigo –me dijo Severo.

Y del teléfono –y esto me disipó toda duda– salía la melodía de Rafaella Carrá cantando *para-hacer-bien-el-amor-hay-que-venir-al-sur*. Al sonar, la pantalla se encendía y en ella se veía en movimiento a un hombre de unos treinta años, de pelo ensortijado y complexión atlética –o algo muy cercano–, un romano de las películas de Cecil B. DeMille, haciendo piruetas de contorsionista iyengar sobre una playa nublada. Más atrás una chica joven, que me recordaba a María Betania en la época en que cantaba 'Sol negro' con Gal Costa, se esforzaba en hacer una peonza sobre la arena mientras al fondo, ya muy retirado, un yate que fondeaba en la bahía, acogía en su popa a un grupo de velinas, que bien podrían confundirse con las chicas de la despedida de soltera que vi la última noche en Rupiá.

Cuando estaba a punto de decidirme y por fin recuperar lo que creí identificar como el 'oráculo de Rupiá', un turista rubio y espigado, hablando en un inglés fluido hasta la insolencia, se me adelantó, me arrebató el oráculo de las manos, pagó el precio acordado con Abogo y se lo llevó. No tuve valor ni coraje para preguntarle si en su archivo de libros se encontraba 'Il canto dell' Inferno', o si entre las fotos había una de un hombre apuesto y no muy alto, con canas elegantes que le daban un aspecto distinguido, haciendo la postura de 'nadi shodhana'.

Fue hace tres semanas. Después ya no era verano, y mi coche se quedó en Malmø averiado indefinidamente, y el trabajo empezó aquí en Århus, y las prisas y la lluvia, y la bicicleta, de nuevo sin la cadena engrasada, empezó a hacer un ruido molesto mientras bajaba la cuesta que hay camino de mi instituto. Debí escribir antes la carta, lo sé. Cuando aún había posibilidad de que el joven apuesto e insolente no se hubiera marchado a su país. Pero tenía miedo de caer en la melancolía, y acordarme de los atracones de yogur con fruta, del *om* cantado entrando en mi suite nupcial de la casa del obispo, de Tania invocando al gurú de la lluvia mientra el agua empezaba a calar mi espalda y un hormigueo doloroso y tenaz se apoderaba de mis piernas, decididas para siempre a quedarse en posición de loto.

El hombre sin memoria

A Iñaki

« Y era a veces la calle
con esa impaciente manera
de demorar estampas sin pegarlas »

« ¡Cuántas veces le habrá pasado lo de confundir el aspecto físico del ser amado con el de otro ! Y siempre seguido del mismo asombro: ¿será tan ínfima, pues, la diferencia entre ella y las demás ? ¿Por qué es incapaz de reconocer la silueta del ser al que más quiere en el mundo, del ser que él considera incomparable? Abre la puerta de la habitación. Por fin, la ve. Esta vez, sin la menor duda, es ella, pero tampoco se le parece del todo.»

Milan Kundera, *La identidad*, 1997

Nota del editor:

A Javier nunca lo llegué a conocer bien del todo. Era un personaje extraño, siempre embebido en sus libros, ensimismado, con la mirada ausente. Decía a todo el que quería oírle que deseaba ser escritor y supongo que para hacérmelo creer a mí y a otros ingenuos de la redacción de la revista de la facultad, y también para mantener esa apariencia de compañero de clase misterioso e inaccesible, siempre llevaba consigo un cuaderno de notas anaranjado, siempre el mismo, siempre cerrado, hermético como él. Nunca me permitió leerlo. Tampoco a Signe, mi mujer, con la que parecía mantener una relación de mayor confianza e intimidad. Javier apenas hablaba. Más que tímido siempre me pareció retraído, como distante con la realidad, también con nosotros.

Tenía en el mundo una presencia amable e invisible y supongo que fue esa manera discreta de existir lo que me atrajo de él, lo que me hizo acercarme a su universo –sin demasiado éxito por cierto, porque apenas dos líneas bastarían para decir lo que creo saber de él– y sentir un vago sentimiento de amistad y una intensa y contradictoria –hoy amarga– lealtad de hermanos.

A pesar, como digo, de la presencia notoria, persistente, de ese cuaderno, nunca lo vi anotar nada en él y este detalle, que vino a mí de manera recurrente a lo largo de nuestros años de estudio en la universidad, se me reveló poderosamente como el anuncio verosímil de una impostura y quedó en mí como agazapado, latente, como esperando una señal que le hiciera cobrar sentido.

Barrunto que fue la visita de su hermana Mónica la señal que llevaba todo ese tiempo esperando. Vino hace unas semanas a entregarme el cuaderno naranja. Me ha pedido que lo leyera, que corrigiera errores, que introdujera modificaciones si lo creyera conveniente, pero sin alterar el estilo ni la voluntad de su hermano, y que si lo tuviese a bien, que lo publicara. Su hermano quería ser escritor, me dijo. Mi reacción, una vez superada la sorpresa condimentada con ese cursi e impertinente *si lo tuviera a bien,* ha sido la de rechazo, porque no acepto que el amiguismo o la lástima se me impongan como criterios sobre lo que tengo que publicar o no en nuestra revista. Como redactor mantengo unos principios de profesionalidad y me exijo que sólo la calidad de un texto literario sea el criterio que me guíe. Sin embargo nada de esto le dije a Mónica, que había estado esperando en la antesala de mi despacho, el rostro avejentado prematuramente y una mirada limpia capaz de desbaratar cualquier argumento. Sonreí con diplomacia y con una pequeña, casi imperceptible reverencia, tomé aquel cuaderno entre mis manos.

Lo he leído y releído muchas veces, intentando entender los silencios, los hiatos –creo que involuntarios– del texto, el fondo real y último de unos personajes que –ahora sé– conozco inciertamente. Apenas hay un par de fragmentos que me parecen salvables literariamente hablando, un par de imágenes que pudiesen rescatarse de la criba, pero ya no es lo literario lo que busco en sus palabras –en el caso de que esto fuera definible, mejor aún, aprehensible– sino la verdad que hay detrás de lo que pudo haber sido, la desnudez auténtica de sus sentimientos.

No quiero justificarme. He aquí sin más el texto que me entregaron, sin correcciones ni enmiendas. Fragmentos discontinuos de la vida de Javier, vasos comunicantes con mi propia vida. Juzgue el lector. Yo hace tiempo ya que perdí el norte.

Christian Lund, redactor de *Protextos*, revista literaria danesa en lengua castellana

1. Recuerdo del motivo

¿Y por dónde empezar? A estas alturas de mi vida hay muy pocas cosas que puedo explicarme, menos las que creo comprender, y muchas menos las que soy capaz de recordar con claridad. Suena extraño, incluso contradictorio, porque uno podría suponer que con el paso de los años, la experiencia acumulada y las vivencias sentidas darían para construir una especie de magma identitario, como una suerte de cajón de donde sacar recuerdos, componer estampas que den sentido a nuestro mundo, recomponer historias, peripecias compartidas con amigos o familiares.

Lo observo en la gente que me rodea: Todos sentados alrededor de una mesa ovalada, exhaustos tras los postres, en la sobremesa de un largo almuerzo, la conversación languidece o se prolonga distraídamente, y de pronto, una canción, el nombre de un lugar, la cita de un conocido los lleva, como empujados por un resorte, a responder al unísono, sin ocultar su entusiasmo, a despertar de su letargo. *¿Te acuerdas aquella vez que estuvimos en Roma?* o *Fue fantástico aquel verano del 87 que pasamos en la Costa Brava.* Y ese inicio es como una señal para continuar un relato coherente y compartido, donde las imprecisiones no son más que un amago para coger fuerzas, reclamar la atención del interlocutor, confirmar las complicidades.

He sido testigo asombrado de estos momentos en multitud de ocasiones y a veces yo mismo he sido invitado a participar. *¿Te acuerdas, Javier* –me dice mi mujer–, *de la vez que fuimos con los niños a Mallorca?* Yo asiento educadamente y haciendo un gran esfuerzo ratifico su evocación,

81

pero en realidad no puedo recordar nada o casi nada. A veces con suerte puedo confirmar el acontecimiento, porque la enunciación de ese viaje o de esa tarde *en la que llovía mientras íbamos al cine y los coches pasaban salpicándonos y uno nos empapó a los dos, te acuerdas, ¿verdad?* se me va haciendo conocida, aunque no estoy totalmente seguro de haberlo vivido. *Sí, íbamos a ver 'Moulin Rouge',* me dice y me inclino a pensar que es una historia contada que he escuchado anteriormente. Miro hacia atrás y todo se me muestra como una confusa mezcla de actos desvaídos, inconexos, tan inconsistentes que apenas se pueden convertir en un relato suficiente de lo que ha sido mi vida. *A tí no te gustó nada aquel actor, ese que era el protagonista de 'Trainspotting'*–insiste–. Nada queda, como si la memoria de mi existencia fuera un cedazo por donde mis actos, mis sensaciones, mis experiencias escaparan sin posibilidad de ser recuperados. Como si sólo los otros fueran capaces de reconstruir mi pasado, de hacérmelo vivir a través de su relato. Miro hacia atrás y, descorazonado, me pregunto, qué vida en común hemos tenido alguna vez Signe y yo.

Yo sólo recuerdo un fragmento difuso de la película, del libro o de aquel acontecimiento memorable. Y nada más. No hay referencias ni vivencias compartidas con nadie. Nada. Sólo la tristeza y la decepción. En esos momentos de intolerable vacío únicamente el alcohol y las pastillas son capaces de aliviar mi dolor, de achicar la inmensidad de este abismo oscuro que se extiende dentro de mí.

Mi mujer, frustrada, me acusa de no prestar atención a nada, de no vivir en el mismo mundo que ella, y con ayuda de la psicóloga me ha hecho ver que no hay más solución que intentar estar más presente, vivir el aquí y el ahora. A eso he dedicado gran parte de mi tiempo y de mi dinero en los dos últimos años: a intentar recordar las cosas que hago, que experimento para después contarlas, ser capaz de compartirlas con los otros, con ella. Anne, mi psicoterapeuta, dice que voy por el buen camino y me insinúa que ha llegado el momento de empezar a dejar las pastillas, que tengo que vencer la melancolía por mis propios medios.

Al principio el experimento prometía, porque con grandes dosis de concentración conseguía recordar algunos pequeños detalles de lo ocurrido no hacía demasiado tiempo. A mi mujer le alegraban tanto estos pequeños avances, estas zonas de complicidad, que para agrandarlas (quizá también para seducirla, y con toda seguridad para que pudiéramos hacer el amor con menos resistencia de su parte) fui ampliando mis recuerdos, estimulados por sus propios deseos, espoleado por mi propia ansiedad, de manera que en los últimos meses he llegado a experimentar decididamente –hiperbólicamente, quiero decir– que lo que afirmo recordar, no es más que un espejismo, el relato especular de su relato: la verdad de ella, una mentira cuando sale de mis labios.

– Ah, sí, Ewan McGregor –digo finalmente.

– Sí, ese –me contesta Signe, aliviada.

2. Recuerdo del propósito

Pensé que durante unos meses –que luego resultaron ser semanas dispersas, apenas días–, podía seguir con el experimento. Por eso anoto con paciencia en mi cuaderno naranja. Transcribo la realidad y me esfuerzo porque en esa realidad Signe ocupe un lugar destacado. Su resultado más inmediato es la paz marital. Signe está tranquila, relajada, más convencida de que, a pesar de la reciente crisis, nuestro matrimonio funciona. Su mirada ha vuelto a brillar. Cuando nos cruzamos por el pasillo me aprieta con fuerza la mano, a veces nos besamos. Hay en su manera de hacer el amor una intensidad nueva, cierta furia que anima mi virilidad convalesciente.

Quizá es por eso que lo intento, pero también por un turbio miedo a diluirme.

El objetivo es anotar aquellos episodios que juzgo relevantes en mi vida, sobre todo –como digo– aquellos que tienen que ver con mi relación con Signe. Así, supongo, me será más fácil rescatar del pasado inmediato sucesos compartidos. Soy consciente de la dificultad de la empresa porque además de tener que seleccionar con buen criterio los episodios debo escribirlos casi al instante para evitar que mi mala memoria o mi despiste me jueguen una mala pasada. No será un diario pues, sin filtro ni selección consciente, sino un sustituto rudimentario de mi memoria: lo que queda después de haberlo vivido, lo que se mantiene después de haberlo olvidado.

Naturalmente que este cuaderno no palía mis lagunas referidas a mi pasado anterior y por tanto sólo subsanan muy parcialmente el problema. Es más que nada una declaración de intenciones, donde la buena disposición y la voluntad mostradas constituyen en sí mismas y por sí solas un importante avance en mi desarrollo individual –eso dice Anne– y en el fortalecimiento de mi relación de pareja.

3. Recuerdo del deseo

¿Sólo soy yo el que cae en estas trampas de la memoria? Anoto: Ayer fuimos a cenar al restaurante *Hack* en Århus. El motivo, la celebración atrasada del cumpleaños de Signe (cumplió 41) y mi ascenso adelantado (aún no he recibido la carta del rector) como jefe del departamento de español de la universidad. Pedimos el menú de cinco platos con vino (tengo una copia del menú para recordarlo). De los vinos registro que el *Chablais* era bueno aunque no estaba lo suficientemente frío, el servicio correcto y la camarera atenta aunque algo torpe (a punto estuvo de tirarme el café encima). Pocos clientes. Por eso seguramente me fijé en la pareja que teníamos enfrente. Discutían acaloradamente. Ella, como en las películas, acabó tirándole una vaso de agua encima de los pantalones. Sólo yo me di cuenta y para evitar que Signe pensara que no le prestaba atención no dije nada. Era una chica alta, atractiva, con un vestido azul de generoso escote. Era hermosa sin duda y su enfado reforzaba el atractivo de su rostro puesto que hacía inflamar ligeramente su labio superior. Al marcharse, sola, pasó con descuido al lado de nuestra mesa y su bandolera negra golpeó mi hombro derecho. Un perfume agrio y sensual envolvió el ambiente y sentí unas ganas tremendas de pararla, de huir detrás de ella. No lo hice, sonreí a Signe y me concentré en el *Coq au vin*, lo que en esos momentos estábamos comiendo. Alcé mi copa de burdeos, dije *skål* e hice un breve comentario sobre la carne. Hablamos de diversas cosas, pero preferentemente del trabajo (mi ascenso ocupó gran parte de la conversación), los niños (Jonas, el mayor, acababa de llegar de viaje de estudios de Hamburgo) y de la preparación de las vacaciones de invierno. También hubo silencios que yo atribuí al cansancio acumulado de toda una larga semana de trabajo y al patrón cultural danés que no tiene miedo a esas largas pausas que los españoles evitamos. Al llegar a casa, después de comprobar que los niños estaban durmiendo, Signe se metió en el cuarto de baño a ponerse los potingues y cepillarse los dientes. Yo hice lo propio (sin ningún potingue) en el aseo. Ya en la cama encendimos las luces y nos pusimos a leer. Mi libro se titula *El lector de Julio Vernes* de Almudena Grandes, el de Signe, *Populærmusik fra Vittula* de Mikael Niemi. Unos diez minutos después yo apagué la luz y Signe lo hizo unos dos minutos más tarde. En la penumbra de la habitación podía ver con claridad su espalda cubierta por un pijama lila algo raído. Decidí con paciencia acariciar sus hombros en pequeños círculos esperando una reacción. Un rato después pude ver que su cuerpo se movía tímidamente como indicando que no dormía. Entonces busqué su boca, nos besamos con prisa y empezamos a hacer el amor. Fue breve y no llegué a quitarme la camiseta con la que duermo. Cuando me estaba corriendo vi la chica que abandonó el restaurante *Hack* apresuradamente. Estaba desnuda y mientras yo, por fin, me quitaba la camiseta ella jugaba distraídamente con mi pene.

4. Recuerdo de la ausencia

Me doy cuenta de que mis intentos por escribir lo que yo llamo «experiencias compartidas» se dan de bruces con mi propia percepción, singular y aislada, de las cosas. Me pierdo, me pierdo. Siempre me voy a otro lugar.

Hemos desayunado en silencio, tú leyendo el periódico, yo ojeando en mi teléfono los mensajes de Gloria –quizá hable de ella en otro momento–. Poco después, así lo sentí, yo ya estaba en el instituto, sentado delante de mi ordenador y ante mi cuaderno, con un regusto amargo, inquietante, provocado por el desayuno sombrío. Nada más abrir el cuaderno empiezo a anotar vivencias que sólo están dentro de mí. Hago un esfuerzo, pero me alejo, me abismo. Camino como si una burbuja ligera y protectora me envolviera, como si me alejara del espacio que piso, los pies sobre una escalera que parece mullida, mis manos sobre el teclado de un piano, pero sin sentir el tacto afilado y frío de las teclas. Escucho las variaciones Goldberg. La música me protege. Saco mi petaca y bebo un trago de whisky. Todos mis colegas parecen trabajar concentrados en la sala, mientras yo, distraído, me dejo embaucar por el sonido del piano, la bruma triste que se divisa desde la sala de trabajo. Me pierdo en el perfil mágico de la torre de agua que a mi izquierda se erige como un enigma, un anacronismo bello y detenido. Afuera en el pasillo una colega habla por teléfono y gesticula cómicamente mientras yo sigo aquí, instalado en esta membrana invisible, que sólo yo siento, pero que me hace extraño, extranjero al mundo que observo. Como si de pronto estas personas que me rodean hubieran dejado de ser mis colegas, individuos hacia los que siento afecto, envidia, deseo, para ser unas piezas animadas, pero deshumanizadas, como peones en mi imaginación, actuando eficazmente en un plano de la realidad en el que ahora no estoy. Y tampoco lo deseo. Es una experiencia sinestésica, donde la música de Bach tiene olor y forma y los cuerpos cercanos, pero tan ajenos de mis colegas, contienen sueños, angustias. Sin comprender la deriva de mis senti-

mientos empiezo a sentirme prescindible, gratui-
to, innecesario. No entiendo cómo ha llegado
esta sensación a mí y tampoco soy capaz de quitármela de encima, de arrinconarla. Recuerdo
entonces aquel período, hace algunos años, cinco
aproximadamente, cuando Signe y yo pasamos
medio año en España, disfrutando de nuestra
baja de paternidad. ¿Cuál es la conexión? Ah, sí:
allí comprendí por primera vez que mi ausencia
no alteraba el curso de los acontecimientos, que
mi baja voluntaria era imperceptible para otros.
Fue una liberación. ¿Te acuerdas, Signe? Como
descargarme de una responsabilidad que sólo yo
me había otorgado. El mundo no se paraba, los
alumnos seguían aprendiendo, nadie adolecía ni
sufría mi insustituible tarea. Visto retrospecti-
vamente no resulta ningún descubrimiento sor-
prendente, más bien al contrario, una gigantesca
obviedad. Tuvo sin embargo un efecto balsámico
sobre mí, relajante, que me ha llevado en los últimos años a una forma de indolencia, de des-
preocupación positiva por lo que hago, de relati-
vización –probablemente también banalización–
de todo lo que soy y represento para mí mismo.
Sigo en la burbuja, pero tú, Signe, estás al otro
lado, como los colegas que observo desde la sala.
No me ves. No puedes verme. Mi mundo está

dentro de estas variaciones Goldberg de las que no quiero ni sé salir.

5. Recuerdo de la distancia

Estamos tumbados en la cama. Tú a mi izquierda como acostumbras, la respiración acompasada, tranquila, diría que profunda, como de sueño reparador, de conciencia inalterada. Hay una separación entre nosotros, cómoda, civilizada, un pequeño hueco que aleja nuestros colchones y una distancia mayor, inconscientemente deseada, que aleja nuestros cuerpos, que los protege del contacto cálido, esperado, marital. Cierta paz que me evita un conflicto con las expectativas o el deseo que alguna vez tuve o creí tener. En la duermevela de un sueño que no acude escucho en la oscuridad «Milonga triste». Suena el saxofón de Florián Navarro.

Hombros hacia atrás. Espalda recta. Abriendo el pecho hacia el lado derecho. Un movimiento fluido, constante…

- Mira a los ojos –me dice Birte, la instructora, y su voz suave pero llena de autoridad parece sacarme de un sueño, de una nebulosa que difumina la realidad, más bien la emborrona hasta hacerla indistinguible, lejana, ajena.

Suena el tango: *Volví por caminos viejos, volví sin poder llegar* y al prestar atención a su letra me desconcentro aún más. Apenas puedo seguir el ritmo porque al tiempo que quiero retener todas las instrucciones de la profesora también me propongo mirarte a los ojos. Quiero sentir la música, dejar que penetre dentro de mí. « Mira a los ojos », me dice Birte o me digo yo, y al mirarlos tengo la desazonante sensación de que nunca los he mirado antes, de que no te pertenecen, de que no me pertenecen, de que nunca me has pertenecido. Una especie de pánico o desazón se va adueñando de mí hasta hacerme creer que el hermoso rostro que tengo tan cerca, identificable, bien definido, un rostro que besé tantas veces, a través del cual escuché tantas palabras, el rostro que cada mañana, sereno, con la respiración acompasada y profunda, ligeramente ladeado hacia el lado derecho en el que yo duermo, es un rostro que he visto tantas veces … y nunca. Los labios están resecos y la boca gentilmente cerrada. Duermes con hermosura y elegancia. *Tristeza de haber querido tu rubor en un sendero. Tristeza de los caminos que después ya no te vieron…*

Por fin me quedo dormido y sueño que escalo una montaña nevada. Casi en la cima hay dos perros que me impiden continuar. Siento pánico. Mi cuerpo tiembla, está a punto de colapsarse. Tengo fobia a los perros y soy incapaz de controlarme. Pero no vislumbro otra manera de acceder a la cima de la montaña, en el sueño no hay otro camino. No puedo controlar el pánico y sin embargo no he huido ni me he despeñado. Esta falta de reacción me extraña, me asombra. El perro más grande, que parece ejercer más autoridad, se acerca a mí y conforme lo hace su cuerpo se va humanizando, es un perro con cuerpo humano; se me aproxima por detrás, por mi derecha y me dice al oído que tengo que confiar en él. El miedo me atenaza. Estoy paralizado. El perro más pequeño también se me acerca, pero por mi lado izquierdo, y me muerde con precisión muy cerca de mis genitales, justo detrás de mi escroto. Me arranca como una pequeña costra. No siento ningún dolor. El miedo desaparece y siento una enorme liberación. Entonces sé que puedo seguir ascendiendo la montaña.

Me he despertado satisfecho, ligero, con una sensación de levedad inefable. Bach sigue sonando en mi cabeza. Anoto el sueño de inmediato, como dice Anne, y tomo otro trago de whisky.

Anoche habías llegado muy tarde a casa y bastante borracha. Tal vez por eso no podía conciliar el sueño. Me extraña porque tú apenas bebes. No sé dónde has estado. Sé que ibas al cine, nada más. Te ayudo con ternura a quitarte la ropa. Pero eso fue antes de bailar el tango. Tu cuerpo está como desfondado, con el peso muerto que provoca el alcohol y el sueño. Balbuceas algunas palabras que no entiendo. Acerco mis oídos a tus labios con la esperanza de que el sueño y el alcohol me revelen un secreto que llevo mucho tiempo queriendo descifrar. Nada entiendo. Apenas dices.

6. Recuerdo de la herida

No he podido ir al trabajo. Tú te fuiste temprano, a pesar de la resaca. Yo he quedado postrado. Tu ausencia intermitente y ese sueño perturbador que se descompone dentro de mí. Estoy enfermo. El cuerpo se inquieta por su debilidad y la mente comienza a producir reflexiones algo siniestras, extenuantemente metafísicas.

He dado un paso más: no es ya la convicción de que mi ausencia, mi trabajo no terminado, mis actividades a medio empezar, como palabras suspendidas en el aire, no tendrán consecuencias, nada pasará si no se cumplimentan, ni una queja, ni un reproche, ni un débil sentimiento de añoranza... Un paso más: la certeza, extraña, novedosa, de que podría detener todos mis movimientos, tumbarme sobre la alfombra de nuestro cuarto y dejar escuchar mi respiración confiado en ese único acto, confinado beatamente a ese feliz ritual. Sin esperar nada, sin moverme, sin desear, concentrado en el rítmico plegarse de mi cuerpo en silencio, dejando que por encima de mis ojos, mentalmente, se sucedan imágenes, sin orden ni jerarquía, de episodios que creo que me han sucedido. No las provoco voluntariamente. Tampoco puedo pararlas ni ordenarlas. Apenas entiendo su elección arbitraria que no parece mía. Lo mismo recuerdo una tarde tomando café en casa de una familia amiga de la mía que me acogió durante semanas mientras mi madre daba a luz a mi hermana Mónica, que la visión clara, fantasmagórica, de una cucaracha recorriendo el cabezal de mi cama en mi apartamento en Huelva, después de una noche –otra más– de borrachera. Estoy tumbado, siento mi cuerpo febril, mis ojos lagrimeando por efecto de la gripe, y simplemente observo como un espectador ajeno que sin embargo reconoce los fotogramas de esa película. Doblo el pasillo oscuro de la casa de mis padres, huelo el perfume agrio, inconfundible de chanel nr. 5, que envía a mi cerebro un estímulo de sobreexcitación. Allí en el recodo está Julia apoyada sobre la pared. Tiene la misma edad que yo ahora. El pasillo en penumbra, un vestido de tirantes que deja asomar su pechos impregnados del perfume, sus pezones púrpuras enhiestos, entregándose con una agresividad y fortaleza que nunca antes –ni después– he sentido. Besos como dentelladas salvajes que provocaban heridas, que alentaban el deseo, mi rostro refugiado en el canal de sus pechos, mi joven corazón de niño desbocado, mi boca encontrando consuelo en el manjar sabrosísimo, inagotable de sus pezones.

– Si tú tuvieras mi edad, no te dejaría escapar – me dice. Y yo me asusto. Y me corro en los pantalones.

Nunca te lo conté, Signe. Allí nació oscuramente –y se extinguió– mi deseo.

7. Recuerdo del abandono

Esta gripe, o lo que sea, me lleva a un estado de turbia convalescencia. Pienso en nosotros: A veces creo que todos tenemos un lado oscuro y secreto, fascinante, como el de Julia seduciéndome, o como el mío intentando ser un adulto a mis trece años. ¿Dónde está el tuyo ? –me pregunto–. Cuando te imagino en ese estado de enajenación, una punzada molesta y aguda se apodera de mí y me obsesiono pensando en las veces que tú también habrás estado así, como nosotros, como Julia perdida y enamorada a sus cuarenta años, como yo, seducido y aislado en mi infancia corrompida. En esos momentos suelo mirarte, a hurtadillas, y preguntarme qué verdades me escondes, qué sentimientos, vivencias, deseos, tan tuyos, nunca me pertenecerán, jamás me serán dados a conocer. Es en cierta medida una pulsión, un síntoma estremecedor de desconfianza. En esa penumbra de la duda tu cuerpo se hace más lascivo, tus labios, inopinadamente de otro, más sensuales; surge un deseo desprovisto de amor, como un acto reflejo, como si mi cuerpo quisiera emular lo que cree intuir en el tuyo, competir en la oscuridad de sus deseos, como si todo mi ser quisiera volver a aquel recodo del pasillo donde culminaban todos mis encuentros clandestinos con Julia. Me pierdo y me digo que no soy así. Quizá tú tampoco –reflexiono–. Pero esa duda es tan amplia, tan desmentida por mi memoria y por las fantasías que los huecos de ésta provocaron, tan llena de agujeros.

Ese lado oscuro que te otorgo, que te aleja de mí y te vuelve impura, imperfecta, demasiado humana, contrasta con la imagen que de ti proyectas, limpia, insegura, frágil. Te miro otra vez y me digo, *quién es, en qué medida la conozco, por qué debo confiar en ella.*

Seguramente todos traicionamos –me digo conciliador–. Sin embargo, hay traiciones que revelan un patrón de conducta, que aluden a la cotidianidad, a las interacciones diarias, a los olvidos y descuidos, a las desconsideraciones, un rango de traiciones que sólo pueden ser denominadas así, cuando se ensamblan, cuando se acumulan por la fuerza del tiempo, de la rutina, del cansancio; traiciones de hastío, de no puedo más, actos que aislados carecen de entidad, no valen nada, no indican nada, no revelan su dirección; son las traiciones del lado no oscuro, de nuestra vulgaridad bien intencionada. Hay otras que se sumergen en lo más profundo de nuestro ser, que a veces sólo ocurren una vez en la vida y que con el tiempo somos incapaces de explicar, y que desde dentro las podemos sentir como lejanas, inapropiadas, ajenas, pero esas vienen del lado oscuro, porque buscan la destrucción del otro, subvertir las relaciones en nuestro entorno, negar a los otros y negarnos, perder el respeto a lo que somos, hundiendo nuestros deseos en el olvido, la enajenación, la fantasía.

Así intuí siempre tu relación con Christian. Aunque mis sospechas fueron ordenadamente sofocadas por mi disciplinada propensión a no corregir los actos de los otros, a no inmiscuirme, a no permitirme la duda. Un día os vi miraros con una alegría y una complicidad que harían desbaratar cualquier interrogante. Era una prueba irrefutable: más sincera que una foto comprometida, que un baile en una esquina apartada de la fiesta, que una sórdida escena de sexo en el aseo de un bar. A pesar de ello, mi lealtad a la ilusión, a mi ilusión, me hizo rechazarlo de plano, negar mi adulterio con Julia, su enamoramiento no fingido y sórdido, mi pasión patética y estridente, mi soledad mil veces condenada. ¿Cómo escribir sobre estas imágenes dispersas? ¿Cómo unir todas estas historias en una sola?

8. Recuerdo del la destrucción

La gripe ha entrado en mi cuerpo para recordarme mi debilidad con respecto a mi entorno, mi mujer, mis hijos, mi trabajo. Mi cuerpo, un espacio al que observar desde prudente lejanía, descubrir las imperfecciones, los desgastes, que como una tara indeleble, se abren paso en él. Estar enfermo, transitoriamente, como una advertencia existencial, un aviso chato pero inequívoco, de los límites de mi existencia, de las limitaciones de lo que uno mismo ansía. Siento una molestia aguda a la altura de mis riñones que no me deja dormir. He tomado un calmante para aminorar mi dolor.

Cierro los ojos, respiro profundo e imagino que el aire inspirado va penetrando en las zonas doloridas de mi cuerpo, creando una protección, una invisible almohadilla que amortigua mi dolor. Tengo ganas de llorar. Sé qué es ridículo.

Sólo tengo una enfermedad transitoria, mañana o pasado estaré otra vez sano, habré olvidado quizá este estado de melancolía e impotencia. ¿O no? Porque es esa sensación de que debajo de esa debilidad corpórea, superable, hay una grieta profunda, difícil de cerrar, que me da miedo, me aterra. Leo a Murakami, su tercer libro de *1Q84*; sigo la trama de la novela, sin entender del todo por qué sendero camino. Sin embargo hay imágenes, frases o metáforas que intento memorizar, que van empapando mi alma, hundiendo sus significados en este laberinto de misterios en que se está convirtiendo mi manera de mirar. Vuelvo mis ojos hacia mi cuerpo. No me gusta. No lo siento atractivo ni creo que nadie lo pueda encontrar atractivo. Es descorazonador y ridículo. Como la ridícula y transitoria enfermedad que padezco. Yo lo sé pero no puedo por menos que intuir, que bajo la epidermis hay una cavidad viscosa, deforme, con la que no tengo contacto. Tengo ganas de dañarlo, de hacerlo diluirse en la inmensidad del mar.

El resto de los días

Hoy he amanecido con un dolor que no sé localizar en ninguna parte de mi cuerpo. Es indefinible y perturbador. He tomado unos calmantes y algunas pastillas para dormir. Necesito descansar. A pesar de todo no he conseguido el sosiego ni la calma deseados. Tampoco he conseguido dormir.

Después de pensármelo muchas noches he ido con estas notas desordenadas al despacho de Signe. He dicho: estos son mis recuerdos. Ella ha levantado la cabeza del escritorio, me ha sonreído confusa, y ha alargado sus manos. Luego me he marchado. Quería dejarle tiempo para que lo leyera. Para que compartiéramos por separado algunos de esos momentos. Estoy nervioso. He salido al jardín a fumar un pitillo. La luz del despacho sigue encendida. A mis notas les falta un recuerdo. Un último recuerdo.

9. Recuerdo de la despedida

La vi desde la ventanilla de mi vagón, desde cierta distancia, pero no tanto como para no poder reconocerla y pensé que la mujer a la que miraba ya no era la mía y sentí en ese preciso instante, aunque con tibieza, que el hombre que la observaba ya no era yo. Era ciertamente un sentimiento extraño de singular desprendimiento, en el que ella hubiera dejado de ser ella. Pasados unos instantes sentí, todavía desde la distancia, que Signe seguía siendo ella, y reconocía su gesto con la mano derecha ordenando su pelo, y reencontraba su perfil sereno, y admitía sin dudarlo que aquella voz que se dirigía al revisor del tren era la misma voz segura, compacta, envolvente que tantas veces me había seducido. Era la misma mujer atractiva que había conocido hace más de doce años y aún temblaba mi cuerpo cuando sus ojos se entornaban y se volvían a abrir, luminosos, serenos para saludarme. Allí estábamos de nuevo, pero yo casi dudaba, como pensando que aquella mirada conocida y desconocida a la vez no iba destinada a mí. Fue entonces cuando pensé con rotundidad que era yo el que no era el mismo y no ella. Signe avanzaba a paso rápido sorteando obstáculos y personas en el andén, iba a mi encuentro aunque yo pensara, sin entender, que mientras la veía avanzar hacia mí, extender sus brazos, sonreír ampliamente, yo observaba ese encuentro, la veía a ella y me veía a mí mismo bajando del vagón y no entendía nada porque pensaba que eso pasaba cuando uno se moría y el cuerpo yacente e inerme se observaba desde la cándida levedad de la muerte. Y me pellizcaba, y me miraba en el reflejo del cristal sucio de un horario del andén y todo parecía indicar que era yo, aunque yo mismo dudase de esa existencia. Signe me besó con naturalidad, sin pasión ni entrenimiento, justo como lo recordaba de los últimos años, pero no me atreví a protestar —aunque me supo a poco—, puesto que esa actitud era absolutamente coherente con los gestos y maneras de Signe. Había sin embargo algo extraño en mí mismo que me impulsaba a ver, sentir e interpretar los gestos, los movimientos de Signe de una manera inusitada, traviesa, deliberadamente confusa. Había también un deje de nostalgia, una sensación de asunto pasado, perdido, olvidado.

Juntos nos encaminamos hacia la puerta de salida, intercambiamos, o eso pensé, algunas palabras de cortesía, ella me preguntó que qué tal el viaje y yo le conté que el retraso se debía a un problema con la locomotora. Nada le dije –aunque no había nada que deseara más– de la extraña sensación que tuve al verla y de la no menos extraña que tuve al verme, ni del deseo profundísimo de que ella entendiera esa angustia. Abrí la puerta trasera del taxi, la dejé pasar primero, indicamos el destino de un hotel del centro y juntos miramos el paisaje conocido a través de las ventanillas. Un escalofrío recorrió mi cuerpo mientras imaginaba el de ella desnudo sobre la cama del hotel. Pude ver o imaginar su ropa caer, mi deseo encendido, sus pezones de púrpura rozar mi boca … Todo se nubló en torno a mí y sentí una felicidad extensa, inconmensurable y volví mi rostro al de ella con la única intención de admirarlo, y entonces sólo vi el paisaje de la ciudad pasar al ritmo veloz del taxi y a Signe esperando en la parada, serena, hermosa, feliz. Su vestido negro, ajustado, elegante, el pelo recogido. Y no supe si era un sueño o una pesadilla. Y el taxi siguió, sin chófer, sin dirección, sin sentido ...

Epílogo

No hubo una relación física entre nosotros, aunque imaginé muchas veces cómo podría haber sido mi vida a su lado. Nunca se lo dije, pero creo que estaba enganchada a su profunda tristeza, a su melancolía. Nuestra relación fue la de dos compañeros de clase que se admiran y respetan. Nada más, aunque entre medias, como agazapados en los silencios de nuestros encuentros, hay momentos deshilvanados que cuando la memoria o la fantasía los une parecen contradecirme. Cuando lo pienso desde esa perspectiva, y más ahora después de haber leído su relato – *ficción, pura ficción*, insiste Christian– siento que he sido su mujer sin saberlo, que hemos vivido muchos años, como tantas parejas, vidas paralelas, que por fin, en el momento igualitario de la muerte, acaban tocándose.

Signe Lund

Invariablemente

A Paco Rubio y Mati

Me gusta mucho viajar en tren. Quizá en parte por mi educación machadiana, muy apegada a un recuerdo inventado, literario, que me transportaba imaginariamente por esos lugares de España en los que nunca estuve; quizá en parte, absorbido por una extraña fascinación por el tamaño y la eficacia de esas máquinas, tan pegadas al suelo, tan unidas a la historia de Europa, sobre todo a esta Europa septentrional y transparente, metáfora previsible de un progreso industrial que algunos creían ya superado. Tan viejas y tan modernas a un mismo tiempo. Tan románticas.

Cuando vivía en Málaga apenas había viajado en tren, más allá de una excursión algo esperpéntica y absurda que me llevó hasta la Estación de Francia en Barcelona. Estación de Francia, repito ahora, y me suena como un eco, un recuerdo desvaído e idealizado, juvenil, francamente machadiano.

Así que en cierta medida es una suerte vivir aquí, porque me he pasado más de la mitad de mi vida en Dinamarca viajando en tren. Ciento cincuenta kilómetros de Århus a Odense y otros tantos de vuelta han marcado un largo período de mi existencia en este país. Una hora y cuarenta y cinco minutos en cada dirección en las que he tenido que aprender a prolongar el tiempo del sueño y del trabajo, convertir mi habitáculo, abierto a pasajeros somnolientos y desconocidos, hostiles a los saludos y las miradas, en una especie de habitación privada, mi dormitorio y mi despacho, donde según los días y las necesidades era, en ocasiones, el cuarto íntimo y oscuro donde dormía plácidamente, ajeno a las miradas de los desconocidos testigos; en otras, mi despacho, donde corregía trabajos, subrayaba notas, leía libros o escribía –con más dificultad que acierto– artículos que luego muy poca gente leería. A la vuelta, cansado ya del esfuerzo, el vagón se convertía en una salita de estar donde solía ver alguna película, leer alguna novela, escuchar música o simplemente dormir.

Los paisajes del trayecto de uno y otro tren –el inventado por mi infancia y el de mi presente irreal– eran distintos, más chatos y homogéneos, más sorprendidos en la vigilia del sueño éstos que ahora vivo; más elocuentes y falsos, más hermosos, aquellos que alguna vez creí divisar; la velocidad de éstos, mayor, comparada con el dulce traqueteo de aquellos trayectos que tal vez fingí, aunque pocas veces llegaron a provocarme el vértigo de no ver nada. Pero sobre todo, el mundo de seres que se arremolinaba con cierta distancia en torno a mí era sustancialmente otro, metafísicamente otro, más reales e indiferentes éstos que ahora sufro, como ensimismados o perdidos en su propia existencia. Un tren diferente al de los sueños de mi infancia, sin duda. Y sin embargo, estos dos trayectos se me superponen en mi memoria, se me solapan. Por eso se me han pegado al recuerdo con fuerza y obstinación y aunque hace ya algún tiempo que no viajo en esa ruta –que casi no viajo- me ha venido hoy a la memoria una de esas mañanas, cualquier mañana, de hace apenas dos años.

...

Como cada día en los últimos ocho años me he levantado con fastidiosa precisión a las cinco y cuarto de la mañana. La casa estaba en silencio, los niños duermen, mi mujer se revuelve en la cama apurando la última media hora de sueño. El periódico dormita en el felpudo desde hace ya una hora.

Me he duchado con rapidez –desmintiendo todas las acusaciones que vierte sobre mí mi mujer–, me he puesto la ropa, a tientas y sin distinguir el color de la camisa o de los calcetines, con desinterés pero con eficacia –con mal gusto, apostilla con frecuencia mi hijo–, he cogido mi mochila con el ordenador y los libros para las clases, la agenda, la libreta y algunas fotocopias sueltas, he sacado mi bicicleta del sótano comunitario, le he puesto las linternas y me he apresurado, atravesando la oscuridad amarga de la noche, con desgana y disciplina, hacia la estación del tren. No queda muy lejos pero hay que pedalear rápido. El tiempo, como cada mañana, anda muy escaso, y no conviene distraerse. He llegado, he dejado mi bicicleta en el aparcamiento de bicis de la estación, he bajado por una de las escaleras exteriores que dan al andén –a toda prisa– y me he dirigido corriendo hacia mi vagón. El tren acaba de llegar.

En el andén 3, cerca de las escaleras automáticas, quietas y como viejas a esta hora del día, el vagón 91, el vagón que he tomado los últimos años, donde viajamos diariamente o con regularidad un pequeño grupo de personas que tiene su trabajo a gran distancia de su domicilio, nos espera allí, silencioso y discreto, con una sombra macabra de burla y familiaridad. Me fascina y me pasma su puntualidad. Me aturde y da vértigo su sola presencia cuando me paro a pensar

que me he subido en él, dócil y lastimero, durante tantos años.

Son las 5.50, acabo de picar mi bonotrén y me
dirijo como un sonámbulo a mi asiento, el mismo
donde me he sentado aproximadamente los últimos ocho años. Ya hay algunos pasajeros aco-
modados, la mayoría desconocidos, viajeros de
un día, con sus equipajes abultados y sus cafés
recién comprados, empaquetados y humeantes.
Son desconocidos, y siento que no les pertenece
estar allí. Me he quitado el abrigo con parsimo-
nia, siguiendo un rito establecido, después he
sacado el ordenador, el cable para enchufarlo, la
agenda, donde guardo también el bono del tren.
Me he cerciorado de que la fecha y la hora mar-
cadas en mi bonotrén se corresponden con exactitud con la de la agenda y mi reloj. He verifica-
do que es viernes, 26 de febrero de 2002. He sentido alivio, como si me hubiera desprendido de
una carga, de un temor. Ahora me puedo sentar
tranquilo, todo está preparado para empezar el
día: billete, trabajo, tareas, vagón... rutina.
Sobre las 5.55 han llegado, casi al mismo
tiempo, los otros dos pasajeros con los que com-
parto secretamente el vagón: se trata de un oficial del ejército, con su uniforme, su boina verde
y un maletín de piel marrón en el que guarda

documentos que repasa con minuciosidad cada mañana; también ha llegado, apenas un minuto después, una chica joven de unos veintipocos años, oriental, quizá coreana; ella nada más sentarse se pone a leer uno de esos periódicos gratuitos que reparten por la estación, *Metroexpress* creo que se llama. A los dos los conozco, quiero decir, los reconozco cuando los veo. Con el oficial he compartido vagón los últimos seis años, con la chica coreana, los últimos cuatro. Ellos también me conocen a mí. En todo ese tiempo jamás nos hemos dirigido la palabra, nunca nos hemos saludado ni mirado directamente aunque nos observamos cuando creemos que los otros andan distraídos en sus ocupaciones o su descanso. Somos tres extraños que tienen una precisa pero superficial idea del otro: a qué hora se levantan, qué leen por las mañanas, qué ropa llevan, a qué se dedican... En cierta medida nos conocemos mucho más que la mayoría de la gente, pero ignoramos nuestros nombres, y evitamos el contacto. Somos compañeros de un extraño viaje a ninguna parte.

A veces el excesivo calor de la calefacción, o el traqueteo del tren, o el cansancio de un sueño interrumpido me hacen caer de nuevo, nada más iniciada la marcha, en una dulce modorra que al final me conduce a un sueño profundo y excesivo. En estados así imagino que el tren acelera aún más su velocidad y se precipita, sin perder el control, por una especie de sima interminable. Tengo la sensación de volar o de escapar – en los sueños estas dos acciones no las distingo- y que sonrío larga y perdidamente, con un placer prolongado, profundo, más bien ausente. En ocasiones encuentro a una mujer a la que nunca antes he visto. Es morena y más pequeña que yo. No recuerdo con exactitud sus rasgos, pero en el sueño tengo la certeza de poder reconocerla entre todas las mujeres del mundo.

El chico con la prensa y el café se acerca arrastrando un carrito estrecho. Me ha dado un pequeño empujón en el hombro y me ha sacado bruscamente del sueño. Lo interrogo con los ojos. Él, con corrección y profesionalidad, me ofrece un café que yo acepto sin haber pedido. Algo aturdido todavía me pongo a leer uno de los libros que tengo sobre la mesa. Echo una mirada a mi alrededor y compruebo la aplicación y el silencio con que trabajan mis vecinos del vagón. Parece una oficina en plena actividad.

Al principio de llegar aquí –pienso– me extrañó y me incomodó esta situación y hacía todo lo que estuviera en mi mano por entrar en contacto con estos pasajeros aplicados y desconocidos: iba varias veces al servicio para provocar una conversación, aunque fuera de monosílabos y gestos, decía *lo siento*, alto y claro, al pasar, para mover a una cierta forma, instintiva o desesperada, de compasión, sonreía...Todo era inútil porque la mayoría de la gente no entraba en mi juego. Me ignoraban. Al final tenía un cierto regusto de pérdida, de fracaso, de exclusión. Ahora, sin embargo, después de estos ochos años parece que he aprendido la lección. Nada me altera ni me pone nervioso cuando entro al tren. Nadie me saluda, ni me sonríe ni me dice nada y, aunque parezca extraño, esta forma de ignorarme la encuentro llena de respeto hacia mi intimidad y mi vida. Es una sensación indescriptible de pertenencia. Mientras reflexiono, bebo un poco del café que tan amablemente me ha servido el chico del tren. Respiro hondo.

Son las 7.02 y el tren se detiene en la parada de Fredericia. El vagón se vuelve a vaciar y llenar. Se ha subido una chica. Al verla, creo reconocer el rostro de alguien muy cercano: es morena y parece algo más bajita que yo. Ha buscado con nerviosismo su asiento y he descubierto con espanto que iba a sentarse justo a mi lado. He empezado a retirar mi escritorio: el ordenador, los papeles, la agenda, el billete del tren y ella en un inglés deliciosamente equivocado me ha dicho *Not is necessary*. Por el acento he adivinado

114

su origen. Española –he pensado–. Muchas veces, cuando voy distraído por la calle, juego a ese tipo de adivinanzas, pero he preferido sonreír, decir *thank you* con la mejor de mis imposturas y continuar leyendo. Corrijo unos textos de alumnos de tercer semestre. Nina, una chica que se pone siempre en la última fila y que jamás dice nada en clase –sospecho que no sabe español– ha escrito el siguiente texto, que ella llama con presunción o ignorancia poema:

« invariablente las cosas le suceden a él al que interroga los libros bajo el flexo él descubre el desamparo del artista y asume su rencor al que besa a mi amante en la buhardilla y consume mi deseo él reconoce la estrategia del placer y delimita mi fracaso qué inutil es mi vida en la que nada pasa pasea todo ante mis ojos rozándome apenas los sentidos esta piel que se eriza ya no es la mía es la de un emocionado que contempla al menos él siente pasiones yo sólo observo su mirada aunque sé que detrás siempre habrá alguien que me odie invariablemente»

El texto, juvenil y poco elaborado, jugando a la experimentación mediante la eliminación de puntuación, una licencia de jóvenes aprendices de escritor, me ha provocado una especie de conmoción, ha removido algo en mi interior, no sé exactamente qué, pero me ha dolido. He pensado en esa forma de existencia del paseante, del observador, del *voyeur*, del viajero voluntario o forzado, como yo, y por unos segundos he visto la vida escapándoseme por entre mis dedos como si fuera un puñado de agua de mar al que sin éxito intentara apresar.

Mi vecina, aburrida o temerosa, se ha puesto a curiosear por entre los objetos de mi improvisado despacho. Ha encontrado, para su sorpresa o su alegría, uno de los libros que yo estaba leyendo, *La isla de los jacintos cortados* de Torrente Ballester. Ella, como haciendo un gran descubrimiento, me ha dicho *¿español?* Y yo, con más desgana que entusiasmo, he asentido. *¿De dónde?* –ha continuado–. *De Málaga* –he dicho casi como un búho–. *Uy, y venirse aquí tan lejos y con tanto frío...* –y ya se disponía, entusiasmada, a iniciar una conversación que la distrajera hasta su destino probable en Copenhague. Hubiera sido muy agradable, me digo. Y descubro su rostro hermoso y familiar. Sin embargo la he mirado con frialdad, le he sonreído y le he dicho en un tono cortante, desalentador: *Perdona, pero me estoy preparando la clase que tengo que dar dentro de una hora. No puedo atenderte.* Su cara se ha estristecido, se ha sentido humillada, rechazada. Yo he contenido cierta lástima que supongo debí sentir por ella. He tragado saliva y he mirado nueva-

116

mente a mi alrededor: un vagón a esta hora ya atestado de gente con sus ordenadores encendidos y sus teléfonos móviles empezando a sonar. He echado una ojeada rápida, casi furtiva, y me he cruzado con la fugaz mirada del militar y la coreana y, por un instante, brevísimo, casi imperceptible, he sentido que sonreían, que me sonreían, como si sólo ellos hubieran sabido comprender mi decisión.

Luego he vuelto a mis asuntos: he leído de nuevo el poema –o lo que sea– de mi alumna y he anotado en uno de los márgenes, impulsivamente y con tristeza:

«... *qué inutil es mi vida en la que nada pasa pasea todo ante mis ojos rozándome apenas los sentidos...*»

Volúbilis

« *Hazte traer*
cuanto precises. No salgas. ¿Para
qué? No hay ya lugares
en donde puedas ser feliz »

José María Álvarez, *Museo de Cera,*
1974

– Yo puedo sola –dice Lucía algo enfurruña-
da, resoluta, mientras me exige con un mohín de
enfado conmovedor que la deje ponerse el casco.

Acabamos de salir del portal. Lucía con una
ropa que ella misma ha elegido: una minifalda
roja con estampados blancos y una camiseta naranja de manga corta. Debajo de la falda lleva
unos pantalones blancos, muy finos, de verano.
Calza unas sandalias celestes de las que dice
siempre que le aprietan. Hay una luz extraña en
su rostro, una luz que le brilla desde dentro, que
trasciende su cuerpo y me contagia. La miro casi

hipnotizado y su voz como una caricia me despierta:

– Yo puedo sola –insiste.

Yo, con mi uniforme de siempre: una camiseta algo raída y de propaganda que pone "Universal dreams", unos vaqueros azules, desgastados, y en palabras de mi hijo *pasados de moda*, y unas sandalias *ecco* con calcetines blancos.

Se ha intentado encajar el casco en su cabeza y hace de nuevo un mohín, esta vez más teatral, indicando que el casco es demasiado pequeño, como si yo tuviera la culpa de haberle comprado uno que no es de su talla. Se enfada y hace bizquear cómicamente sus ojos color de miel. Intento ayudarla con rapidez e impaciencia, pero ella, sentada ya en la sillita de la bici como una reina tirana repite: *Yo puedo sola, yo puedo sola*, y ha rechazado con vehemencia y determinación mi asistencia.

Son las ocho y media de la mañana, es un viernes de agosto y después de la intensa lluvia de anoche el aire huele a verano danés. Hay una humedad envolvente, acogedora diría, porque me recuerda y me sabe, como en un sueño, o una invención deseada o contada por otros, a algunas mañanas de mi infancia. Yo entonces asomado al patio de la casa de mis padres, viendo pasar los coches, contándolos, identificándolos en un inútil ejercicio de precisión para sorpresa y deleite de los mayores: *un milquinientos, un dodge, un seiscientos, un gordini...*

El sol ya ha salido y los primeros rayos empiezan a calentar con fuerza la fachada del edificio en donde vivimos. Es un bloque de apartamentos viejo, pero bien conservado, con carácter. Apenas se ve gente por la calle y mientras peleo amigablemente con mi hija respiro hondo, como queriendo apropiarme de todas las sensaciones de la mañana, grabar en mi piel sus dulces latidos, con una conciencia lejana o vaga del paso de los días, del dolor insonsable de la memoria.

Estamos a punto de salir, he quitado el candado con eficacia, soltado la pata de la bici, que ha vibrado al plegarse con un sonido característico que siempre y sólo identifico con la llegada de mi mujer a casa, y cuando ya he empezado a levantar mi pierna derecha con la intención segura de subirme al sillín Lucía me ha frenado en seco:

– Papá, tu casco – y me ha señalado la cabeza.

– Ah, es verdad –respondo, reacciono fingidamente– .Ya se me olvidaba.

Vuelvo a entrar en el portal, abro con rapidez la puerta de nuestro apartamento y cojo un casco negro, de ésos que se usan para hacer *skateboard*. El casco luce una pegatina en su frontal con una calavera flameante. De la boca salen dos tibias cruzadas que la calavera muerde burlonamente. Me lo he puesto con diligencia y limpieza demostrando la mecanicidad del acto y me he excusado:

– Qué tonto, ya se me olvidaba.

Allí estamos los dos, recién empezado el día, frente a frente, intentando adivinar, aún sin saberlo, qué suerte de designio nos traerá la mañana, qué soplo u olvido. Tengo un aspecto entre ridículo y anacrónico con mi camiseta raída de propaganda, mis vaqueros desgastados y mis sandalias con calcetines blancos. Lo sé y casi me ruborizo, pero al ver la sonrisa franca y limpia que Lucía ha esbozado me he sentido un hombre feliz, anodadado quizá, malvestido, perdido como siempre, pero feliz. Trazo con mi dedo una curva invisible en el cielo, cierro los ojos y respiro. El día ha empezado.

Ya podemos montar, me he dicho, y avanzamos entonces con ritmo suave y placentero hacia el Jardín de Infancia de Lucía. La mañana invita al optimismo. Hemos atravesado una avenida escoltada por olmos a derecha e izquierda, un lugar donde cada miércoles y sábado se instala el mercado ambulante de la ciudad. Pasamos por delante de un enorme edificio de ladrillo con aspecto de hospital de principios del siglo XX y Lucía ha gritado:

– Papi, papi, la escuela de Naya.

Me sobresalto ligeramente ante la alerta y la premura de Lucía. Bajamos una cuesta pronunciada y llena de badenes que impiden a los coches conducir a gran velocidad y que condenan a las bicis a frenadas interminables y brincos constantes. Los frenos chirrían y rompen el silencio, la armonía de la mañana. La calle nos conduce hasta el puerto y hemos parado en el semáforo del cruce. Lucía ha dicho *papá está rojo* y me ha indicado con un gesto que no se puede pasar. Mira entonces el monigote verde del semáforo y confundida me alienta para que siga. No comprende esos códigos de verdes y rojos que en su mundo se contradicen, se contraindican. He girado a la izquierda. La calle se llama premonitoriamente *Spanien*, *España* y es la que nos lleva al Jardín de Infancia, en realidad una especie de guardería donde los niños junto a sus cuidadores, pedagogos se llaman hermosamente en danés, esperan la llegada del autobús. Lucía va a un Jardín de Infancia que está en las afueras de la ciudad; es una vieja escuela convertida en algo así como una granja con animales, talleres, mucho espacio. Allí los niños aprenden a trepar por

125

los árboles y a caerse sin hacerse demasiado daño.

Hemos llegado. Aparco la bici e intento quitarle el casco a mi hija. *Yo puedo sola*, ha insistido. Es hermosa y testaruda a sus tres años. Sus rizos salen desobedientes y divertidos por debajo de su casco rosa y mientras yo intento con dificultad quitarle el broche ella me ha dicho: *Ahora estoy enfadada contigo*, y demostrativa y cómica ha torcido la boca y cerrado los ojos hasta casi hacer desaparecer ese color miel que brilla en su cara. Ha arrugado el gesto y triunfante ha repetido: *Mira, yo puedo sola*, y como en un acto mágico de extraordinaria dificultad y trascendencia el broche ha hecho *clic*.

Son casi las 9 y el autobús acaba de llegar. Me apresuro y escribo en un papel que está a la entrada de la sala, «Grupo sol –el de Lucía–. Recogida a las 4 de la tarde». Nos ponemos en cola. Los niños han formado una fila y están a punto de salir al patio donde espera el autobús. Søren, uno de los pedagogos, ha abierto la puerta y todos empiezan a desfilar. Algunos muestran una ostensible cara de sueño. Lucía sonríe. Me agacho para quitarle un churrete de la cara, estoy en cuclillas, y en un descuido Lucía busca mi nuca y la besa, *Te quiero, papi, jeg elsker dig* dice y sus

126

palabras o el impulso de su acto casi me hacen tambalearme. Me levanto, le vuelvo a dar la mano y salimos al patio. En la escalerita de entrada al autobús han colocado un pequeño escalón supletorio para que los más pequeños puedan subir solos. Lucía me suelta la mano, eleva su pie izquierdo con aparente dificultad, la sandalia roza, apenas pisa el primer escalón, se gira, me mira con expresión traviesa, sube el pie derecho y dice adiós con la mano. Gira su palma de derecha a izquierda, sonríe otra vez, entorna sus ojos, y sube a toda la velocidad que puede los tres últimos peldaños. Se ha perdido por el pasillo del autobús. Ya no la veo. Cierro mis ojos, y siento una punzada fuerte de dolor en mis sienes. Puedo seguir viendo sus ojos y su cara y sus gestos: los últimos movimientos gráciles que ha hecho, sentir su boca sobre mi nuca, escuchar su balbuceante *te quiero* como una caricia en el alma y me pregunto con angustia hasta cuándo, cuántos minutos, cuántas horas, cuántos días tardaré en olvidar ese momento que siento como único y memorable. El dolor de las sienes como un cuchillo perforando, removiéndose con saña en mi cabeza, se me extiende por todo mi cuerpo. Siento una extrema sequedad en la boca y un paladar amargo. Mi pecho, sobre todo el lado izquierdo, empieza a emitir pequeños espasmos, y una náusea se me aloja en el estómago. De pronto pienso en mi infancia y constato como una certeza intolerable que casi no recuerdo nada. Tengo la certidumbre de que es un lugar vacío en mi vida que recorren coches viejos, grandes, lentísimos, un recuerdo contado que yo mismo probablemente he vivido.

Sale el autobús y veo a un padre, de aspecto avejentado y ropa pasada de moda, decir adiós a su hija. Mueve lentamente, casi sin fuerzas, su mano derecha mientras unas lágrimas saladísimas y calientes se deslizan tras los cristales de sus gafas. Quiere esconder el llanto pero le sale de su interior con la potencia que dan la convicción y el fracaso de estar vivo.

– Cuéntame cómo era mi infancia –le he espetado a mi madre nada más llegar a casa.

Al otro lado del teléfono su voz tarda en reaccionar:

– ¿Qué? –me responde sin entender nada.

– ¿Qué cómo era mi relación con papá y contigo? Cuéntame algo concreto.

– No te entiendo.

Y corrige:

– Tú eras un niño que no daba ningún problema. Muy obediente, muy formal, muy buen estudiante.

– Sí, mamá, eso ya me lo has dicho muchas veces, pero quiero que me cuentes algún episodio concreto de mi infancia.

– No sé, no me pongas nerviosa –se defiende–. ¿Concreto?

– Sí, una excursión, un día que pasamos juntos en algún lugar. ¿Rituales?¿Teníamos rituales? ¿Había algo que hiciéramos juntos toda la familia? ¿A qué jugábamos papá y yo?

Mi madre está aturdida. Su mente se ha bloqueado ante una exigencia tan vehemente e inusual. Comprendo que la he conducido a una situación difícil, intolerable. Cambio de tema pero siento una honda decepción, como si la ausencia de ese relato anhelado confirmara mi no existencia, como si mi infancia fuera un período difuso y difuminado del que sólo quedan etiquetas eternamente repetidas, valoraciones sobre cómo era, pero no quién, ni qué, ni cuándo ni cómo. Tengo la extraña sensación de no ser más que una imagen inventada, no real, no aprehensible. Y escucho como un mantra dañino y adormecedor: *Eras un niño muy bueno, no dabas ningún problema. Siempre sacabas muy buenas notas. Eras un poco tímido. Muy maduro para tu edad.*

Suena de repente la voz semiadolescente de mi hijo mayor burlándose sin crueldad ni malicia:

– El abuelo dice que de pequeño eras un niño 'raro' e 'inquieto' –y lo hace marcando con gracia estos adjetivos y su extraño nexo.

– Pero no sé qué quieres, Lucas. Yo quiero ayudarte en lo que puedo, pero me pones nerviosa. ¿Qué quieres decir con un recuerdo?

– Déjalo, madre.

Mi madre esgrime entonces el argumento de la edad y se excusa.

De pronto, como encontrando en el fondo de mi memoria una historia polvorienta le digo:

– ¿Te acuerdas, mami, cuando leíamos juntos los textos de historia y sociedad que yo tenía de deberes?

– Sí –ha dicho no muy convencida.

– ¿Te acuerdas, mami, que tú me tomabas la lección hasta que yo memorizaba la última coma?

– Claro –confirma con más entusiasmo–. Tú nunca diste ningún problema, siempre sacabas buenas notas.

– ¿Te acuerdas de aquella historia de Volúbilis?

– ¿Vo-lú-bi-lis? – repite preguntando, como si recitara un hechizo o una letanía.

– Sí –afirmo lleno de esperanza.

Estamos al pie de la montaña de Zerhoun, desde allí se divisa casi toda la ciudad. El descenso es lento y nuestro paso cansino. Cientos de olivos se extienden sobre nuestra mirada. Atravesamos un campo árido y extenso. Mi padre se seca el sudor con un pañuelo blanquísimo que luego se coloca en la cabeza. Tú tiras de mí como si tuvieras miedo de que me pudiera escapar. Ya abajo en la ciudad nos topamos con prensas de aceite y tahonas. En un pequeño mercado hay hombres con chilaba y mujeres que esconden su mirada detrás de sus velos. No tengo miedo. Voy de la mano de mi madre paseando por las ruinas romanas de aquella vieja ciudad fundada por los cartagineses en el siglo III. *Oulili*, susurra mi madre, y yo sonrío con la brisa inesperada que me envían sus labios. *Oulili*, repito, como un conjuro liberador. Quiero soltarme, hago un amago, levísimo, pero ella no me deja. Me agarra fuerte y me dice que es peligroso. En Oulili –me cuenta– los niños tienen que ir cogidos de la mano de sus padres. Y yo me conformo y no rechisto. Pasamos por el gran arco del triunfo y la basílica y las columnas del templo... Nuestras manos

131

siempre apretadas, cogidas, yo para entonces con miedo en el cuerpo, viendo transformarse aquellas miradas limpias de los paseantes en resplandores esquivos y dolorosos. Tú vuelves a tirar de mí y yo me quedo.

– ¿Te acuerdas, Conchita? –le digo a mi madre.

– Cuando me llamas Conchita es que estás de buen humor.

– ¿Te acuerdas, madre?

Y una nube de silencio nos recorre. Mi madre no sabe mentir y yo se lo agradezco.

Llego a casa por la tarde después de un largo día de trabajo, extenuado pero también confundido por la experiencia con mi madre. Mi mujer está en la cocina. Es una cocina anticuada, descuidada y pequeña, malpintada de un color naranja cálido, con muebles viejos, poco espacio. No se ha dado cuenta de mi llegada. Estoy parado en el quicio de la puerta y ella al fondo, al lado de la ventana que da a un hermoso patio interior. Viste un vestido negro de tul que apenas esconde el delantal beige que lleva puesto encima. Está concentrada en lo que hace: corta unas patatas con precisión y delicadeza. Tiene puesto el *ipod* y no puede sentirme. No sé por qué –¿o sí? – imagino que escucha *Che faró senza Euridice?* cantada por

Andreas Scholl. Puedo escuchar la música y el silencio cálido y distante de mi mujer al mismo tiempo. Y me siento como Orfeo saliendo de los infiernos. Observo sus manos fuertes, su gesto concentrado, la postura ágil y liviana de su cuerpo. La veo de perfil, silenciosa y transparente. La contemplo en silencio, admirado de su recogimiento, del disfrute con que se empeña en la tarea. A pesar de la distancia, casi la puedo tocar con la yema de mis dedos y siento momentáneamente como si recuperara de pronto toda la paz perdida. Me he acercado con sigilo por detrás, sin que ella pudiera notarlo, he buscado su nuca y la he besado suavemente: *Jeg elsker dig*, le he dicho. Se ha girado sin sorpresa, con suavidad, con un balanceo armónico, de derecha a izquierda. Hay una luz extraña en su rostro, una luz que le brilla desde dentro, que trasciende su cuerpo y me contagia. E intentando no mirarla a los ojos, recordando la promesa fatal de Orfeo, le he dicho despacio y muy bajito:

– Volúbilis.

– ¿Qué? –ha preguntado extrañada haciendo brillar sus ojos verdes o azules, desarmándome con una sonrisa de sal y vida.

– Quiero que vayamos a Volúbilis –le he dicho–. Y el miedo al rechazo me atenaza.

Inopinadamente Lucía ha entrado en la cocina y con sus gritos y zarandeos ha roto el embrujo del momento. Se ha enredado entre nuestras piernas haciendo *cucú cucú* y escondiéndose.

Y mi mujer sin preguntar, sin esconder su extrañeza, sin ocultar su confusión, sin negarme su temor me ha respondido:

– Iremos adónde tú me digas.

Y al decirlo, como si de un hechizo se tratara, sus ojos han perdido el brillo, sus pupilas se han abierto hasta abismarse. No he podido resistirlo y he desviado mi mirada hacia la ventana de la cocina, la que da al jardín interior de nuestra casa, y sin explicación ni consuelo he vuelto a ver pasar aquellos coches grandes, lentísimos, de mi infancia: *un milquinientos, un dodge, un seiscientos, un gordini...*

La visita

A Florián, desde aquel encuentro en el
mercado de pulgas

«*Tengo miedo a perder la maravilla*
de tus ojos de estatua, y el acento
que de noche me pone en la mejilla
la solitaria rosa de tu aliento.»

Federico García Lorca, 'Soneto de la dulce
queja', Sonetos del amor oscuro, 1983

Hoy ha venido Julián a casa. Es un buen tipo. Trabajador, cumplidor, muy pendiente de su familia. Siempre pensé que era algo aburrido, mirando como mira y sintiendo como siente el mundo a través de su mujer. Demasiado convencional, demasiado débil y humano, demasiado previsible y auténtico. No es un hombre moderno –hemos concluido Sofie y yo tantas veces: No es independiente, ni capaz de vivir su vida, de buscar impulsos fuera.

– Cuando a este tío lo dejen caer no va a tener donde agarrarse. Lo ha apostado todo a un único número –decía mi mujer incisiva y derrotista, con su acostumbrada manía de querer sentenciarlo y analizarlo todo.

Julián trabaja en una empresa de exportación de flores. No le gusta su trabajo ni le pagan demasiado. Tampoco tiene nada que ver con lo que estudió –derecho, la carrera que sus padres le sugirieron– pero le da igual. El sólo ha venido aquí, a Dinamarca, para estar con Lise, y todo lo demás son circunstancias, decorados móviles que ambientan la escena pero no la determinan. Él sólo está concentrado en la acción principal y en uno de sus actores.

– Tu amor es de otro tiempo, Julián – reconocía yo siempre, ya al final de nuestras muchas e interminables veladas de otoño, mientras escuchábamos boleros, nos inundábamos de nostalgia y malta y soñábamos con huir lejos ... muy lejos.

Y Julián, alcohólicamente lúcido, respondía invariable, con una honestidad que me zahería:

– Yo amo así, compadre, no sé amar de otra manera. Tampoco quiero.

Casi llegamos al mismo tiempo a Dinamarca y nuestras historias, en cierta manera, se parecen. Se cruzaron primero: Él, como yo, eligió vivir aquí por amor, amor intercultural, le gusta decir; a él como a mí nos ha costado integrarnos en este país, entender y aceptar su ritualizada fisonomía, su sofocada y triste represión de la espontaneidad y los sentimientos.   Él y yo –supongo– lo aprendimos, o lo aceptamos sin entender, impelidos por un deseo inexplicable de evitar el desastre, la angustia, la separación, el vacío.

Es eso lo que nos une: una vaga fraternidad de náufragos perdidos en el mismo mar.

Se separaron después: cuando él decidió jugar a romántico suicida y entregar sus manos y sus ojos, su vida, a Lise, la mujer, frágil y hermosa, de la que se enamoró; mientras yo, más pragmático e inseguro, decidí diversificar mis inversiones sentimentales y mis afectos entre mis hijos, mi mujer, mi trabajo, una red tupida de amigos sólidos y fáciles de usar –los del instituto, los del tenis, los del yoga, los del curso de tango, los de la biodanza– y algunas amantes esporádicas que me hacen apreciar lo que tengo y no renunciar a mi vitalidad juvenil y egocéntrica. Soy más cínico que él, y menos idiota. Estoy, creo, mejor pertrechado para la derrota probable y acechante. Soy un hombre moderno –concluyo satisfecho y secretamente–: independiente, capaz de vivir mi vida, de buscar impulsos fuera.

Ha llegado, ha entrado directamente en el comedor, después de saludarnos brevemente, casi con vergüenza, a Sofie y a mí, y ha dicho, enigmático y atribulado:

– La semana pasada Lise se compró unos zapatos rojos de tacón y cuando llegó a casa me los mostró. Pude ver que su sonrisa y su mirada ya no me pertenecían. Quise que la tierra se abriera y me hiciera desaparecer debajo de ella.

A Sofie y a mí nos ha bastado un segundo para asumir la perplejidad inicial y entendernos, para comunicarnos. La he mirado con complicidad y mi mujer se ha levantado, ligera, casi ingrávida, como suspendida en el aire, fascinadoramente irreal; ha acariciado con ternura el pelo liso y negro de Julián y se ha ido a la cocina para preparar café. Quiere dejarnos solos. Sabe que Julián necesita hablar conmigo. Yo la observo como pasmado y en un intervalo fugaz y revelador siento lo injusto que es el mundo y la suerte inmensa que a mí me ha correspondido. Cuando pasa a mi lado cojo su mano con fuerza y se la aprieto, como intentando transmitirle todo el amor, toda la ternura, toda la admiración infinita que siento por ella. *Te amo* –quiero decirle, pero un rubor sobrevenido y el pudor que me provoca la triste presencia de Julián me contienen. Callo y recuerdo que un hombre moderno no debe mostrar con tanta franqueza sus debilidades.

– Lise me ha dejado. Me han quitado el suelo de debajo de mis pies – continúa Julián en un tono melodramático y casi patético. Y se ha puesto a llorar desconsoladamente.

Nuestros hijos, ignorando con felicidad excesiva lo que ocurre, desde sus habitaciones arman involuntariamente un alegre jaleo de músicas y gritos. Marius toca el contrabajo en su cuarto, desde donde se escucha una melodía inconstante, a ratos melódica, a ratos desafinada. Luise ensaya, usando una zanahoria como micrófono, el "Womanizer" de Britney Spears, mientras Sarah, con sus tres años recién cumplidos, juega a ser –en un dulce y encantador ataque de regresión– un perrito que ladra y se hace caca por el pasillo.

– Cálmate –le decía yo, con una sombra muy lejana de empatía, como entendiendo con precisión semántica sus palabras pero no el dolor que aquel hombre, ahora tan desvalido, sufría o parecía sufrir.

Sofie ha vuelto con los cafés y se ha sentado a la mesa con nosotros. Ha cerrado la puerta del comedor tras de sí y los sonidos de los niños han quedado en suspenso. Los tres parecemos aislados y dispuestos a la confianza. Más tranquilo ya Julián –seguramente por la mirada atenta y cálida de mi mujer– empieza a contarnos su historia, repitiendo abrumadora e innecesariamente detalles que ya conocemos. Parece regodearse en el sufrimiento y en la autocompasión: su amor ciego, sin matices, por Lise, sus sacrificios por estar junto a ella, la renuncia a su trabajo en Madrid, aprender el idioma, los códigos nuevos, sus intentos últimos y desesperados por acercarse al mundo que Lise recientemente había construido y al que Julián no estaba invitado.

– Me sentí tan solo, tan humillado, tan rechazado –gemía Julián en un ejercicio melancólico de amor estéril– . Yo quería ser parte de ella, parte de su vida, pero Lise había decidido no contar conmigo. Como en una página del *Facebook* donde mostrar un perfil nuevo, un estado de ánimo que no era más que una pose, una reseña breve y superficial de un libro, Lise inventaba unas nuevas señas de identidad para su personaje. Todo era irreal, pero atrayente y seguro.

Me resultaba tan chocante ver a Julián abatido y triste, él que siempre rebosaba seguridad y autocomplacencia. Recuerdo aún su enamoramiento fatuo y engolado, y compruebo ahora que se ha tornado en una depresiva y previsible estampa de sollozos y compungidos lamentos. Viene a mi memoria entonces cuando se la daba de experto –de pacotilla, añado yo– de la cultura danesa. Si alguien le preguntaba algo sobre los daneses decía de manera provocadora que eran fríos y civilizados, que un día podías encontrarte con una pareja que cenaba amigablemente, con la delicadeza afectuosa de quien se quiere sin prisa y sin pasión pero con comedimiento y respeto en un restaurante, entre velas y luces en penumbra, y que al encontrarlos fortuitamente, días después, descubrías que se acababan de separar o que uno de ellos, al menos, estaba a punto de fundar una nueva familia.

– Es una forma tan civilizada de sentir – añadía– que me dan escalofríos. ¿Imaginas tú acaso que el amor es tan frágil, Lucas?

Hace unos días Julián ha descubierto que su mujer ya no lo quiere, que quiere a otro. Por eso ha venido hoy, entre sollozos, a contárnoslo. Qué irónico entonces recordar la ostentación de sus conocimientos de códigos interculturales, de sus burlas. Me parece estar viéndole ahora, con un cigarrillo en su mano derecha y una sonrisa de patán-enamoradizo-alcohólico, riéndose de su propio chiste y hablando como un torbellino –como un libro, me susurra Sofie– de las formas diversas de entender el amor: la suya tan latina y pasional, tan auténtica, tan llena de sentimientos; la de los daneses tan fría y distante, calculada, mercantilizada. Menudo ejercicio deplorable de estereotipización –me digo–. ¿O no? Una duda me asalta mientras apuro el último sorbo de café frío que queda en mi taza. Y miro atento esos ojos desgastados, dos cuencas oscuras y tristísimas hundidas sobre un rostro que ahora transmite miedo e inseguridad. Sofie me mira también, dulcemente, con esos hermosos ojos suyos tan azules que tanto me confunden y fascinan.

– Primero fue su obsesión por el trabajo – Julián continuaba–. Todas esas reuniones, esas fiestas tan importantes a las que había que acudir. Luego fueron todas esas canciones que de pronto escuchaba. Una música que no habíamos descubierto juntos y que no sonaba para compartirla sino porque ya la había compartido.

Mientras escucho su cansino y previsible lamento, como un monótono ronroneo, me digo que cómo se puede ser tan estúpido, cómo se puede estar tan ciego a todas esas señales que su mujer le emite: evidentes, claras, manifiestas, transparentes.

– Más tarde –sigue– fueron esos málditos mensajes al móvil de los que nunca me atrevía a preguntar su procedencia. O su rostro escondido tras el ordenador, mientras escribía un mail desde una dirección que yo ya no conocía.

No puedo soportarlo más e irrumpo en su monólogo con un tono provocador, casi chulesco, como queriéndole hacer despertar de un sueño, resquebrajarlo, hundirlo:

– ¿Se ha enamorado de otro, no? –le digo–. ¿Y cuánto tiempo lleva con esa fantástica relación?

– Unos seis meses –contesta imperceptible, casi mudo. Humillado.

– ¡Seis meses! – exclamo–. ¿Y en ese tiempo no te has dado cuenta de nada? ¿En qué mundo vives? ¿Eres idiota? Despierta, Julián , ya no te quiere y punto. Y ahora tienes que aprender a vivir con eso. Entiéndelo de una vez, imbécil. Y deja de lamentarte. Me das pena.

Es un pobre diablo, pienso. *Se merece que lo hayan engañado.*

Julián no ha dicho nada y ha seguido llorando en silencio, con una tristeza honda, escondida e íntima. Un dolor que ni Sofie –con su cercanía– ni yo –con mi franqueza hiriente y abrumadora– éramos capaces de adivinar.

Tras un largo silencio, inopinadamente, como sintiendo la necesidad de terminar ese relato vital, confuso e inacabado, vuelve a decir:

– Hace unas semanas, estuvimos de vacaciones en Noruega. La duda y la angustia me podían. Lise me ignoraba y sólo me decía: *Julián, tú y yo no tenemos referencias comunes*. Era un latiguillo dañino, como una despedida cobarde y ambigua –ahora lo sé– . Me lo reprochó mientras dábamos un paseo por un lugar donde seguramente pasamos muchas otras tantas veces, pero que yo no distinguía de otros anteriores. Que mi mente era incapaz de registrar, porque el árbol que allí había era un árbol idéntico al de otros paisajes nevados también idénticos. Ahora veo que mi percepción de esos paisajes era desatenta, aislada, no compartida...

Y Julián se abisma en su pena y castiga su olvido, pero prosigue:

– Nos detuvimos a mitad del paseo y sin poderme contener he cogido su cabeza entre mis manos, apretando suavemente los laterales de su cráneo, como amenazando sin querer, sin voluntad pero con un deseo confuso y reprimido de castigo. He mirado esos ojos azules, hermosísimos, de los que nunca estoy seguro de su color, como si en el acto mismo de mirar fueran cambiando de tono, los he mirado, digo, fijamente, con intensidad de despedida o pérdida, esos ojos azules o verdes, de un gris tal vez engañoso a través de los cuales he querido yo ver el mundo, mi mundo. Y he visto una mirada vacía, como ausente, sin sombra alguna de afecto, tan lejana, y he sabido en ese mismo instante, después de mucho tiempo, que ya no quedaba esperanza. Y

146

he repetido suplicante, desesperado, perdido: *Jeg elsker dig, Lise, jeg elsker dig, te amo, te amo..*

La casa ha quedado por fin en silencio. Nuestros hijos se fueron quedando dormidos, abandonando nuestro hogar a un caos y un desorden apacible, nocturno. Las partituras de Marius están tiradas, abandonadas por el suelo. Luise olvidó el cedé encima de la cómoda y las caquitas imaginarias de Sarah quedaron esparcidas por el pasillo.

Pobre diablo, Julián –me digo. Por fin se ha ido. Estoy agotado después de escuchar su relato y aguantar sus lamentos. Su historia, vulgar y previsible, excesiva, me ha hecho sentirme mal. Sofie se fue a dormir hace rato excusando el horario de trabajo de mañana. Yo cruzo ahora, sorteando los olvidos de mis hijos, el pasillo de mi casa, trufado de cachivaches, ropa sucia, disfraces... Voy camino de mi dormitorio, cansado y con un sentimiento amargo. Al llegar al zaguán me fijo en la repisa de zapatos. Casualmente descubro un nuevo par de zapatos rojos de tacón. Están en una de las esquinas de la repisa. Nuevos, resplandecientes, colocados con cuidado y quizá deliberadamente ocultos o más bien camuflados. El corazón me da un vuelco pero me tranquilizo pensando que serán una de esas extrañas serendipias de las me habla mi amigo Ángel, el poeta. No hay razón para el pánico, me conformo.

Entro en mi habitación. Por las ventanas, sin persianas, penetra una leve luz de luna. Me tumbo en mi cama, en el lado izquierdo. Me giro hacia mi derecha y veo, lejanísima y turbadora, la espalda desnuda, arqueada grácilmente, de mi mujer; se me nubla la vista y quiero morirme de felicidad. En ese instante recuerdo de nuevo los zapatos rojos del pasillo, y presiento la ausencia débil e imperceptible de Sofie en las últimas semanas; también evoco sus ojos azules o verdes, y lamento con una pena hondísima, irremediable, no haberle dicho que la amaba en ese instante preciso en que pasó a mi lado. Y me pongo a pensar, angustiado, cuándo fue la última vez que ella me lo dijo a mí, y descubro como en una revelación dolorosa y convulsa que hace ya tanto tiempo, tanto...; siento un fogonazo de luz que me deslumbra y descubro entonces que hace años que no me lo ha dicho de la única manera en que ella puede decirlo, de la única manera en que yo quiero oírlo, en la suya, en la de su idioma. Y una angustia terrible y oscura recorre todo mi cuerpo. Pienso en Julián y en su manera arriesgada de amar y sufro en mi propia carne una derrota certera de mí mismo. Me giro dando la espalda al cuerpo ausente de mi mujer y sueño, olvidado y frágil, con la delgada pared que separa el amor del desamor.

El esquiador de fondo

A Maya, en los valles nevados de Zillertal

« *Más tarde, cada vez que me he rozado con la muerte (como si la muerte fuese un accidente, o un obstáculo sólido,
con el cual se tropieza, se topa, se choca y se golpea dentro),
la única sensación real que ello provocó en mí fue una ace-
leración de todas las funciones vitales, como si la muerte
fuese algo en lo que se puede pensar, con todas las variantes, formas y matices del pensamiento, pero de ninguna
manera algo que puede llegar en realidad a uno mismo. Y
así es, en efecto, morir es la única cosa que nunca me podrá
suceder, de la que jamás tendré una experiencia personal.* »

Jorge Semprún, *El largo viaje (1963)*

Santi es un hombre moderadamente feliz. Tiene
un trabajo fijo, un hijo de 20 años de su primer
matrimonio y dos hijas de 2 y 4 años de su actual
mujer, Lotte. Hace apenas 5 años vivió una crisis
personal, matrimonial y existencial, que lo con-
dujo a una depresión severa, por la que estuvo
de baja casi 6 meses. Ahora se encuentra razonablemente bien y lo siente y lo sabe. Acaba de
cumplir los 50 años y su mujer le ha regalado
una semana en Noruega para hacer esquí de

fondo. Piensa que no hay mejor manera de celebrar un cumpleaños que en el recogimiento de la familia, lejos de los bullicios de las fiestas tumultuosas, de los discursos rancios, de las comilonas, las borracheras, las resacas tristes. Aunque llevan un par de días instalados en la cabaña ha elegido precisamente hoy para salir solo a esquiar. Es el día de su cumpleaños y ésta es su particular manera de celebrarlo. Lotte no ha puesto ninguna objeción. Sabe lo difícil que ha sido para él salir del pozo, tener iniciativas, ilusionarse por algo. Que salga a esquiar por propia voluntad es una señal de normalización, de que las cosas van por el camino correcto.

Lo mira con indulgencia desde el zaguán de la cabaña mientras Santi se calza las botas de esquiar, coge los guantes de encima de la chimenea, se rodea el cuello con un pañuelo, deja las gafas de leer sobre la encimera. Apenas caben pensamientos dentro de él, concentrado como está en la ejecución precisa, demorada de sus ritos de salida. Ella le alcanza una pequeña mochila donde le ha guardado previamente un par de bocadillos, tres botellas de agua y media tableta de chocolate. Le ha dicho adiós con un gesto suave y desde cierta distancia como para no denotar ni dramatismo ni fatalidad. No ha mencionado la fuerza del viento, ni la incomodidad de la niebla que empieza ya a envolver la loma en la que viven. Sabe que insistir en ese tipo de inconvenientes constituye una forma de desaliento muy inapropiada para Santi, sobre todo ahora cuando parece que empieza a salir del túnel sin fondo en el que se encontraba. Justo antes de que marchara se ha dirigido hacia él y le ha recordado que se le olvidaba el móvil. Se lo ha entregado en la mano. Tampoco en esta ocasión ha hecho ningún gesto ostentoso de cariño. Le ha parecido excesivo, tal vez innecesario. A Santi le basta porque el rostro de Lotte, su cuello sin tensión, le transmiten la serenidad que él necesita.

Por fin ha salido de la cabaña y se ha puesto los esquíes que ya había preparado meticulosamente por la mañana temprano. Se siente pleno de forma, optimista, con una especie de paz interior. El cielo está de un gris plomizo, cae un aguanieve desganada y molesta. Antes de ponerse los guantes ha girado la palma de la mano derecha y ha dejado que el aguanieve refresque su mano. Ha sentido un frescor intenso, vivificante. El agua sobre sus manos ha despertado en él una especie de recuerdo apenas concretizado, como un pálpito, un anuncio de sensaciones. No sabe lo que es pero le gusta.

La pista está apenas a unos metros de la cabaña. Puede ir esquiando hasta allí. A pesar de la

155

tormenta de la noche anterior los carriles por donde pretende hacer la ruta están semipreparados. El viento y la nieve abundante de la noche los han dañado un poco, pero en general se encuentran en buen estado. Santi ha iniciado la marcha. Balancea su cuerpo con movimientos rítmicos, estira su brazo derecho hacia adelante, mientras desliza su pierna izquierda hacia atrás, luego al revés dejando que una cadencia suave imprima ritmo a sus movimientos, ayudado por los bastones, los codos pegados al cuerpo, semigiros alternativos y rítmicos, intentando ahora coordinar el balanceo de su brazo izquierdo con el de su pierna derecha. No dispone de una técnica muy depurada pero se sabe un esquiador aceptable, lento pero muy seguro en su ejecución. Reproduce mentalmente cada movimiento y evita que los recuerdos, los planes, las situaciones del día anterior se cuelen en su pensamiento. Es consciente de que eso equivale a una distracción, a una pérdida de concentración. Quiere estar viviendo la sensación de ese acto en su pleno desarrollo y no tener la mente ocupada en nada. No pensar, no recordar, no imaginar, no escaparse.

...

El cansancio después de casi seis horas esquiando ha empezado a hacer mella en él. Sube una colina algo empinada. Bebe agua a sorbos cortos, suda abundantemente, a veces resbala su esquí derecho. Aunque no lleva auriculares escucha el piano de 'The Road' de Nick Cave y Warren Ellis. La melodía parece provenir del bosque e intenta con las fuerzas que le quedan combatir la presencia de la música para no distraerse. No sabe cómo librarse de ella. Quizá la haya escuchado esa misma mañana y su recuerdo se esté apoderando de él y con ello de las pocas fuerzas que le restan. Ha vuelto a resbalar con su esquí derecho. Probablemente el esquí necesite más cera. Debería parar pero sólo desea llegar a casa, ducharse con el agua muy caliente, enjabonarse su cuerpo dolorido; ya se imagina tumbado en el sofá, junto a la chimenea.

Apenas piensa, pero sin embargo los pensamientos, las imágenes, los sueños acuden a él en tropel, sin ser llamados. Ya no hay nieve, ni niebla, ni paisaje en el que poder orientarse. De pronto está en otro lugar y lo sabe, porque aunque su cuerpo aún se mueve al rítmico movimiento de los esquíes y sus rodillas se resienten por el cúmulo de kilómetros, y le duelen los tobillos, y su mano derecha se le ha quedado dormida, y la sangre, por la posición forzada de la mano, parece que circula con dificultad, Santi ha dejado de escuchar el sonido de sus propios pasos. Ninguna de esas advertencias, ninguno de esos impedimentos, no obstante, parecen dificultar su huida.

...

Desde la habitación de mi hotel, una torre enorme –la más alta de la ciudad–, colocada como una insolente bandera de conquista en el corazón de Alexander Platz, se divisaba un océano de edificios dispares y sólidos, arquitectónicamente disonantes que, sin embargo, me producían una sensación armónica en su conjunto.

Me alojé en la planta once, en una suite donde el cuarto de baño era una mampara de cristal que volvía desnudo y transparente cualquier acto de intimidad. Mientras me duchaba, poniendo con paciencia y lentitud –casi como reconociéndome en cada uno de esos pequeños actos, tan aparentemente desprovistos de importancia– champú sobre mi cabeza, dejando caer el gel sobre mis hombros húmedos y entumecidos, jugando como un niño, agachándome, a untar gel entre los dedos de mi pies, cansados de haber recorrido la ciudad durante toda la noche, observaba atónito un paisaje urbano hermoso e irreal. Serán las ocho de la mañana –tengo el móvil en el bolsillo del pantalón y no he podido todavía comprobar la hora–; la luz ya ha penetrado dentro del cubículo, aunque he elegido

encender los focos extraños –tres luces halóge-
nas, diminutas, de tono cálido y amarillento–
que están incrustados en el techo, justo encima
de la bañera. El agua tiene una temperatura perfecta, y mientras enjuago el jabón que aún queda
sobre mi cuerpo, miro distraído el panorama a
través de la ventana. Supongo que esa es la intención de una mampara transparente, me digo,
aunque la noche anterior al llegar, cansado del
largo viaje, me hizo pensar, quizá por la muche-
dumbre que recorría los pasillos del lounge, de
la recepción, si no sería este un hotel –algo caro–
de citas. Cuando me tumbé en la cama me sor-
prendió por primera vez el cristal de la habitación transparente del baño, y fantaseé con la utilidad sexual de dicha construcción. Pero no, me
digo ahora, mientras desenjabono mi cuerpo
justamente cansado. Ducharse y mirar, disfrutar
al mismo tiempo de un paisaje que combate con
energía la grisura natural de la ciudad. Algunos
rayos de sol parecen asomarse cuando oriento mi
mirada hacia el este, o me lo hace imaginar este
ingenuo optimismo que me provoca una ducha
benefactora. Por el lado izquierdo de la mampara puedo ver, casi tocar con la yema de mis dedos, la torre gigante de televisión que domina
todo Alexander Platz y que para un viajero tan
despistado como yo es de una enorme utilidad

para orientarse por la ciudad. Cada vez que me perdía, alzaba mi mirada al cielo buscando esa torre escandalosamente alta, amenazadora, icónica, y orientaba mis pasos en aquella dirección. Allí está el hotel, me decía. De frente, aunque mirando algo oblicuamente hacia la izquierda, vislumbro, gracias a la complicidad del sol –ahora mucho más presente–, la cúpula dorada de la sinagoga. Es una edificio hermoso que incluso desde la distancia ejerce una fuerte fascinación sobre mí.

Me resulta extraño relatar mi propio viaje, volvérmelo a contar como si fuera invención, como si yo no hubiera estado allí, y fuera el protagonista distante y lejano de un relato. Yo sé que no es así porque recuerdo con detalle todos los momentos del viaje: la salida tardía –más tarde de lo previsto– de Århus, las dos paradas para repostar antes de llegar a Berlín, la lluvia persistente, incómoda durante casi todo el trayecto, el bandoneón de Astor Piazzolla o la voz ingenua y juguetona de Madeleine Peyroux cantándome *half the perfect world*. Estuve allí, lo sé, tengo las facturas de la gasolinera, el tiquet de los lavabos –pagué con tarjeta porque no tenía cambio para la máquina–, el sabor del capuchino que tomé para no quedarme dormido, el inglés con acento alemán con que me atendió la recepcionista para darme la bienvenida. Recuerdo el sobre en el que metí la llave electrónica de mi habitación, una tarjeta de plástico como las de crédito con su cinta magnética que había que pasar para hacer funcionar el ascensor. *Park Inn* decía, y veo mi dedo pulsando el botón 11, habitación 117 y siento todavía el cosquilleo en el estómago, un vértigo de niño entusiasmado, como cuando el coche, demasiado rápido, sube y baja cuestas.

Nico me había invitado para celebrar su 50 cumpleaños. Le había dicho que no, que estaba muy ocupado. Que la editorial me presionaba para terminar el maldito libro, pero él había insistido tanto. Casi me chantajeó recordándome que él no dudó en acudir al mío, a pesar de que entonces estaba coordinando un proyecto muy importante en Edimburgo. Allí me presenté, me dijo, en esa dichosa ciudad tuya, pequeña, chata. Justo antes de que te fueras de vacaciones de esquí a Noruega. Sólo por ti. Para eso están los amigos, me recordó.

No estoy seguro del todo si fue su argumento –que ahora cuando lo evoco me parece torpe y casi de mal gusto– o el estrés que sufría lo que me hizo tomar la decisión. El caso es que hablé con Lene, la encargada de los horarios y le pedí que me cancelara las clases del viernes porque tenía que ir a Berlín. Me excusé diciendo que me encontraba casi al borde de la depresión a causa de mi reciente divorcio y que aquellos días de vacaciones podrían venirme muy bien. Lene fue muy comprensiva y lo cambió todo según mis necesidades. Luego ya estaba en el coche, tarde muy tarde, si quería llegar a Berlín para cenar, escuchando el libertango –no me gusta el título, pensé– de Piazzolla, acelerado por la música, el tráfico, la persistencia amenazadora de la lluvia, mi deseo de llegar pronto, de llamar a Nico el día antes de su cumpleaños, sorpresa, le diría, poder cenar con él, sin estar rodeado de la caterva de invitados, la mayoría artistas presumidos y sin talento, que a buen seguro me incomodarían en la fiesta.

Ahora estoy aquí de vuelta del viaje, después de lo que creo que fue un intenso e interesante fin de semana, pero otra vez estoy de viaje. Estamos en la cabaña que Lotte ha alquilado para pasar esta semana. Es su regalo de cumpleaños. Estoy tumbado en el sofá, junto a la chimenea, después de un largo día de esquí, intentando reconstruir cuáles han sido mis vivencias en Berlín, y parece que sufro como un ataque de amnesia. Puedo recordar, al parecer, detalles nimios del viaje: la sonrisa limpia de la chica del guardarropas cuando me devolvía mi abrigo al salir de la ópera, el ataque de tos de mi vecina de butaca mientras escuchaba «Tosca». Hasta recuerdo tomar café a la salida del metro, *Café Gagarin* se llamaba, justo antes de la representación. Me fijé en la camarera, una chica atractiva que vestía un elegante uniforme negro. Veo su monedero como en bandolera, ligeramente ladeado, adornando hermosamente su gluteo izquierdo. Al salir nos encontramos de frente, ella con una bandeja llena de bebidas, yo para evitar chocar, para hacerle más fácil el tránsito, me muevo hacia la izquierda, ella lo hace hacia la derecha y convergemos, casi tropezamos. Sonreímos, y su rostro se queda dentro de mí.

Una hora antes –¿o después?–, veo la ópera –primera fila– y el foso con los músicos de la orquesta y el rostro de Lotte, que se superpone caprichosamente al de la camarera y me dice un adiós definitivo, mientras mis hijas, desde la cocina de la cabaña, me desean feliz viaje. Escucho a Mario Cavaradossi cantar su romanza a la espera de su ejecución en el castillo de San Angelo y mi móvil sonar, abandonado sobre la nieve ensangrentada. Siento la palma de la mano volviendo a experimentar la vivificante frescura de la lluvia y miro hacia el cielo buscando con desesperación la torre gigante de televisión en Alexander Platz. Noto cómo todas mis funciones vitales se aceleran y veo entonces a Nico censurándome amablemente mi actitud distraída durante toda la velada y la mirada indulgente de Lotte desde el zaguán de la cabaña. Y siento todavía el cosquilleo en el estómago, un vértigo de niño entusiasmado como cuando el coche, demasiado rápido, sube y baja cuestas.

De la imposición a la impostura

("Javier Cercas y sus *Soldados de Salamina*")

A mis alumnos de Folkeuniversitetet en Århus.
A Miguel Romero Esteo, por enseñarnos a rascarle el
sociosobaco a nuestra socionovia

1. Un poner

En realidad debería decir que alguien fue escribiendo parte de esta charla sin yo saberlo. Primero, porque me vi anunciado en un acto al que yo no recordaba haber sido invitado. Segundo, porque un par de semanas después recibí –esta vez, sí– una invitación –electrónica– con el programa completo del seminario y con el título de mi ponencia: "Javier Cercas y sus *Soldados de Salamina*". Allí entendí por primera vez qué significaba esa palabra tan rara que tantas veces había escuchado en los congresos, "po-nen-cia". Alguien me había puesto el título y con esa especie de imperativo demiúrgico yo debía hacer el resto. Así que tras el asombro inicial, cierto nerviosismo y una pequeña dosis de cabreo –por qué no se les habrá ocurrido preguntarme– decidí *tirar pa' lante* –qué otra cosa podía hacer: ya estaba todo anunciado, los carteles colocados–, igual que cuando la universidad tiene a bien contratarme por horas y bajo el lema de una asignatura que nunca nadie antes ha enseñado, pongamos por caso, "Características culturales a la luz de la historia en la línea de comunicación en español", torpe e improvisada traducción de *Kulturakarakteristika i historisk belysning på kommunikationslinien i spansk,* empiezo a llenar de contenido un continente dudoso pero sugerente, equívocamente inspirador.

Soy profesor, algunos ya lo saben, otros lo sospechan, pero conviene decirlo otra vez y bien claro, para que nadie se lleve a engaño: ni crítico, ni estudioso de la literatura, ni gestor cultural, ni traductor, ni investigador. No, pro-fe-sor: algo así como un peón o bobo ilustrado al que le ponen un título –el nombre de una materia, el título de una charla...– y se encarga de ir rellenándola forzadamente de contenidos.

Sin duda que este bagaje –ambages dirán algunos– va a condicionar el sentido de mi charla. Mi perspectiva será por tanto la de un divulgador, un vulgarizador si se quiere. Mi aproximación, la de un lector lejano, poco disciplinado, fugaz e inconstante, pero aprisionado, perturbado por *Soldados de Salamina.* De esta perturbación que más que mía, está somatizada, internalizada en mí a través de las "cándidas" preguntas de

168

mis alumnos nace la estructura de esta charla, que no es otra que la de sus interrogantes en voz alta –pero ahora leídos en el castellano rancio de un andaluz desplazado, o sea, el mío– y la de mis intentos denodados por crearles una ilusión de comprensión, un placer hermenéutico de rebajas de grandes almacenes.

Me pregunto lo que me preguntan o lo que incito a preguntar. Mi trabajo no es más que el de mediador entre una obra y su público: reduciendo, simplificando, malinterpretando ... Intento dar respuestas que satisfagan la curiosidad del lector, de mis alumnos, incluso que los engañe, pero que genere un sentimiento o ilusión de comprensión. Soy un embaucador de sentidos, alguien que miente a conciencia en un contexto deliberadamente artificial y bien delimitado –la clase– en pos de una verdad pedagógica –pero sobre la búsqueda de verdades volveré más tarde–, igual que un novelista tiene licencia para modificar la historia y modelarla al ritmo de su impulso creador, sin preocuparse en exceso por el rigor historiográfico.

A veces, mis alumnos, víctimas inconscientes de este acuerdo tácito, en el transcurso de una clase dejan de pronto de preguntar porque por arte de birlibirloque lo han entendido, esto es, han aplicado un esquema plausible de comprensión, un modelo de análisis, les digo; otras, por el contrario, abrumados, discuten y se mueven en un caos de interpretaciones descabelladas e imaginativas, que rara e inesperadamente, encuentran una feliz complacencia. Sin más método que la duda, el asombro y una sincera falta de presunción, pertrechados, por toda arma, de su sana ignorancia, inocencia de legos, acuden sin miedos, ni prejuicios al encuentro con el texto, a su lectura equívoca, parcial y fascinante de "su Javier Cercas y sus *Soldados de Salamina*"; los de ellos, no los de él.

Con este atípico método puede incluso, para sorpresa de todos, que haya yo empujado involuntariamente a generar nuevos interrogantes en mis alumnos, gente normal y corriente, como yo, o como el Javier Cercas de 1994 que yo conocí en una lectura fugaz y veraniega en el verano de 2001, fracasado, recién divorciado y de economía precaria, personaje de a pie, con el que uno puede, es decir, *quiere* identificarse, un tipo ordinario, ese al que sin duda me hubiera gustado invitar hoy.

De entrada pido disculpas por el preámbulo y porque el lenguaje que aquí utilizaré no sera académico, sino de andar por casa, eso sí, especiado con las doctas observaciones de la wikipedia, los diccionarios, las charlas de pasillo y cafetería y los variopintos blogs que dedican su atención a la obra de Cercas, que no son pocos –pero de la blogosfera también hablaré más tarde.

Pongamos pues por caso, que soy un profe de instituto, que esporádicamente enseña en la universidad, al que la casualidad y otros azares le han puesto en la tesitura de rellenar con solvencia una ponencia llamada "Javier Cercas y sus *Soldados de Salamina*". Va por ellos. Y aquí vienen las preguntas:

2. La cosa enjundiosa del título

Caminaba yo por las calles de Málaga, era verano, con un grupo de viejos republicanos, entre ellos mi padre, cuando en una de estas conversaciones sin rumbo, como el paseo, uno de ellos me recomendó que leyera un libro de un tal Cercas, un escritor al que no conocía ni dios pero al que Vargas Llosa en no sé que entrevista o artículo había citado y elogiado.

- Las ventas se han disparado –comentó admirado el amigo de mi padre–. Se llama *Soldados de Salamina* –me dijo.

- Buen título –pensé.

Más bien me dije, porque pensar, lo que se dice pensar, no lo había hecho hasta que me impusieron accidentalmente el título de esta charla. Fue una reacción refleja que no reflexiva, como cuando en la época en la que era poeta –es decir, quería ser escritor, y lo más socorrido era presentarme como poeta– pensaba que las novelas se escribían por el título. Nunca llegué a confirmar esta hipótesis tan descabellada, porque siempre me quedé en el título, no pasé de ahí en mi breve aventura literaria.

Sin embargo había aprendido en aquellos años de poeta de barra de bar y de desganado estudiante universitario *que en la comunicación literaria, el título pertenece de pleno derecho a la semántica del texto* (Marchese, 1986: 405-6), y esa especie de catecismo crítico-literario se lo había inoculado, con más pena que gloria, a mis propios estudiantes. De manera que no tuve más remedio que asumir como mía la idea de que *el título, es una especie de información catafórica o condensadora del mensaje íntegro que preanuncia y al cual remite* (Marchese, 1986: 404-5).

- Toma ya. Vale, sí, pero ¿cuál? Esa era la cuestión, ¿no?

Yo no había olvidado que en algunos textos el título era fundamental para interpretar correctamente el mensaje y que, dada la importancia que al parecer tenía en este caso, y de que no se trataba de un simple acierto, como mi indecorosa actitud de lector de ojo vago me susurraba, me vi obligado a repasar mis viejos apuntes sobre la taxonomía del título.

Sabía, por ejemplo, que algunos indicaban el contenido completo de la obra, algo así como *Poesías Completas, Obras completas.* Títulos necrológicos que en nada encajaban con la juventud –madurez, me corrige mi mujer, haciéndome notar que tenemos la misma edad– del autor que nos ocupa. Los había que remitían al personaje principal de la obra, tal y como lo hacían las novelas del siglo XIX, *Madame Bovary, Fortunata y Jacinta.* Pero entonces la novela de la que os hablo debería llamarse algo así como "Sánchez Mazas y Miralles", por ejemplo, y afortunadamente no era el caso (ahora bromeo con la idea de que este hubiera sido el título original y fantaseo divertido con su fracaso editorial). Tampoco valía. No aludía al procedimiento de la composición, como *Rayuela.* ¿Qué me quedaba? Los había –pensé con cierta precipitación– que no señalaban absolutamente nada como *El perro andaluz.* Casi vi la luz al caer en la cuenta y reconozco que estuve tentado de agarrarme a esta explicación que tantos éxitos me daba cuando no sabía qué decir o no me había preparado bien la clase. Ya estaba empezando a esbozar una tentativa de explicación acerca de que Salamina era un episodio histórico, lejano y mitologizado, sin aparente relación con los hechos reales de este "relato real" del que *realmente* partía en el texto... Misión cumplida –me dije–, hasta que el repelente de turno, Uwe, un muchacho espigado, alto y taciturno, me recordó que en la página 19, a cuenta de la entrevista o lo que fuera con Sánchez Ferlosio, "porque llamar a aquello entrevista sería excesivo" (p. 18), se decía:

«El problema es que si yo, tratando de salvar mi entrevista, le preguntaba (digamos) por la diferencia entre personajes de carácter y personajes de destino, él se las arreglaba para contestarme con una disquisición sobre (digamos) las causas de la derrota de las naves persas en la batalla de Salamina, mientras que cuando yo trataba de extirparle su opinión sobre (digamos) los fastos del quinto centenario de la conquista de América, él me respondía ilustrándome con gran acopio de gesticulación y detalle acerca (digamos) del uso correcto de la garlopa» (p. 19)

- En *El perro andaluz* no hay ningún perro ni ningún andaluz, a no ser que Lorca estuviera entre los figurantes, y no se alude al título ni directa ni indirectamente en la película –apostilló triunfante, Camilla.

Siempre hay alguna Camilla en la clase que te fastidia el ocio.

174

- Aquí en cambio hay una alusión críptica al título. Algo querrá decir, ¿no? Si no, ¿para qué lo ha puesto? Además está eso de la "garlopa[1]", que no he encontrado en el diccionario.

- Vale, de acuerdo. Acepto que algunos autores intentan poner (Marchese, 1986: 405-6) el máximo posible de detonación y connotación, y eligen títulos muy trabajados desde el punto de vista del ritmo y con efectos evocadores: *Cien años de soledad, La dulce faena, El llano en llamas, Arde el mar* –repuse airoso–. Para mí que *Soldados de Salamina* –improvisé– está en este grupo. Indaguémoslo. Para la próxima clase buscad información sobre la batalla de Salamina –sugerí amenazante.

Aquel verso de ocho sílabas, "Sol-da-dos-de-Sa-la-mi-na", y las evocaciones que me sugería me parecían argumentos más que suficientes para justificar y explicar el título. Me transportaban a un mundo lejano, mitológico. Era evocador por incierto, inquietante, mágico. Parecía casual y acertado, caprichoso. Fatal. Literario, por am-

---

[1] Nota para Camilla. Garlopa: "Cepillo largo y con puño que sirve para igualar las superficies de la madera", *DRAE* .

biguo, polisémico, generador de significaciones múltiples, especulativo, sembrador de dudas: ¿Quiénes son los griegos, quiénes, los persas? ¿Quiénes los vencedores y los vencidos? ¿Quiénes los héroes? ¿Quiénes los villanos? Nada más posmoderno –me apresuré a añadir a mi razonamiento– que anular certidumbres. Incita al juego intelectual –que no es necesariamente un acierto consciente del escritor– y encima da trabajo a los críticos y sentido a la literatura, como juego y no entretenimiento, porque deja el texto en manos de sus lectores. ¡Genial! ¿Qué más se puede pedir? ¡Qué pedazo de argumento!

Pero, ¿era esto suficiente para pasar la clase? Sin duda, no. Mis alumnos demandaban interpretaciones más consistentes y concretas, menos especulativas, con menos abuso de la imaginación –para eso ya están los escritores, me dirían–, más pegadas al texto.

Entonces, como casi siempre en estos casos, les trasladé el problema a ellos y aplicamos el método habitual. En las clases de español cuando trabajamos con textos literarios en las llamadas "actividades de prelectura" siempre hacemos una lluvia de ideas que se convierte, cuando hay suerte y la clase funciona, en una reconstrucción de una historia todavía no leída, por leerse, narración colectiva que confrontamos con el relato.

El resultado fue interesante, ... pero desalentador: para la mitad de la clase, los que nunca hacían los deberes, *Soldados de Salamina* y su traducción al danés, *Salamis' soldater*, apenas indicaba nada más que una probable alusión a una lejana y desconocida batalla, sin ningún significado adicional, en un lugar llamado Salamina o Salamis, que a más de un gracioso le recordó el nombre de un salchichón. Me reconfortó saber que yo no era el único que no tenía ni idea de aquella dichosa batalla.

Menos mal que siempre hay alumnos que se preparan: Camilla y su grupo de estudios, claro. Éstos me pusieron sobre la pista. Me informaron que Salamina no sólo era el nombre de una isla griega, la mayor del golfo Sarónico, sino que derivaba probablemente de la palabra Salam, que significa paz o calma, y que ya aparecía citada así en la obra de Homero.

- Se trata de una batalla naval –continuó Uwe, el único chico del grupo de estudios–, la más importante de la Antigüedad –a decir de los historiadores– que tuvo lugar el 23 de septiembre de 480 a. d. C. entre los persas y los griegos, y que formaba parte de la llamada Segunda Guerra Médica.

No pude disimular mi ignorancia, ni mi asombro. ¿Qué coño tenía que ver aquella batalla con el medio fusilamiento de Sánchez Mazas y todo lo demás que se inventó ese narrador apócrifo que a veces se confunde con el tipo que está sentado aquí delante? Miré a Camilla con cierto rencor y volví a traer a mi memoria la explicación de *El perro andaluz*.

De pronto, Signe, una alumna medio soñadora que casi nunca habla en clase, pero que recuerdo perfectamente por un relato que había escrito en el que imitaba intermitentemente algunos pasajes de *La tregua* de Primo Levi, levantó la mano y señaló:

- Lo interesante en esta historia real es su anécdota.

Y aclaró:

- El hecho histórico –la victoria de los griegos sobre los persas– no sería relevante si no tuviéramos en cuenta algunos detalles anecdóticos de la llamada historia, a saber: que la tradición, es decir, la elaboración oral y escrita del mito, dice que los griegos eran mucho menor en número y que a pesar de ello vencieron a los persas; que lo hicieron por su superioridad técnica y estratégica –¡Vamos, que eran más listos !– y por su estratagema: eligieron el mejor lugar posible. Pero además, siempre según la tradición, urdieron una trampa. Temístocles (que fue el encargado de defender Atenas y cuya primera medida fue evacuar la ciudad y refugiarse en Salamina) le envió un esclavo a Jerjes –que era el rey de Persia– con el siguiente mensaje: Temístocles había visto la luz y quería sometérsele. El mensajero también le daba instrucciones precisas de cómo destruir su armada señalando el lugar donde estaban, en las aguas de Salamina. El rey persa cayó en la trampa.

Yo estaba boquiabierto. Pero ella siguió, estaba embalada:

- Que desde la Antigüedad se ha alimentado la leyenda de esta batalla hasta convertirla en un auténtico mito fundacional de la cultura europea. O al menos uno de ellos. Bengtson (1986), el famoso y reputado historiador de la Antigüedad ha llegado a afirmar.

Y nos leyó:

«Lo que la cultura griega, al gozar de plena libertad interior y exterior, fue capaz de elevar al colmo de la perfección en las artes plásticas, el drama y la historiografía, que aún hoy se consideran en el mundo occidental como modelos insuperables, es lo que debe Europa a los luchadores de Salamina y Platea (donde fueron derrotados definitivamente los persas), a Temístocles tanto como a Pausanias (vencedor de la batalla de Platea)».

- Ah... y lo que es más importante, como ya habrás deducido de la cita anterior. Esta fábula fue escrita y reescrita por los griegos y sus descendientes culturales, o sea, los europeos, como ese Bengtson que te acabo de leer. Una historia de vencedores contada por y para vencedores.

Me quedé, como se dice en mi tierra, *cuajao*. Y pensar que era yo el que recibía el sueldo y que ella tenía que trabajar después de las clases de cajera en un supermercado para poder sobrevivir y ... encima estudiar. ¡Qué pasada!

De modo que lo que fascinaba de la historia, me indicaba Signe, no era la historia en sí, sino su mito, la fuerza de la anécdota transmitida por fabuladores profesionales como Homero –el primer contador de historias, la cosa de la épica– y Herodoto –el primer contador de "relatos reales", es decir, el padre de la *historia historia*–. Bajo esta luz, la batalla de Salamina, al igual que la Guerra Civil española, se me mostraban como temas literarios convertidos en mitos y no como meros hechos históricos.

Aldunate, el jefe del departamento, fue sin saberlo, mi salvador. Se le había estropeado una vez más su coche –el *auto*, como él dice–, así que tuve que hacerle un favor: recoger en la estación a un colega suyo de la Universidad de Aquisgrán que venía a dar un seminario.

Este profesor afable, y nervioso quizá al comprobar mi manera compulsiva de conducir, se enredó a hablar –supongo que para conjurar el miedo– de manera enérgica y desordenada de los temas más peregrinos: de sus viajes a Latinoamérica, de su larga carrera universitaria, de las conspiraciones del departamento, de un colega que llevaba quince años publicando el mismo artículo, al que sólo cambiaba de nombre y de fecha... Ante tanta locuacidad se me ocurrió que bien podía echarme una manita y sacarme del atolladero en el que yo mismo me había metido. Total, a fin de cuentas, yo también le estaba haciendo un favor. Así me ahorraba tener que ir a la biblioteca y todo el engorro de buscar bibliografía y leer artículos de semiótica.

Me las ingenié para desviar la conversación hacia la literatura e inopinadamente, entre sorprendido y enfadado, me confesó que los escritores españoles contemporáneos sentían interés y hasta fascinación por un período histórico que no les había tocado vivir: la Guerra Civil y la inmediata postguerra.

- ¿Y eso cómo se explica, profesor?

- En mi opinión, y es solamente una hipótesis un tanto atrevida, estamos ante un mito. ¿Me entiende, joven? Si tomamos como punto de partida la definición del filósofo alemán Hans

Blummemberg los mitos son «historias con un alto grado de estabilidad en su estructura y con igualmente grado de variabililidad en sus aspectos accesorios». ¿Me sigue, joven?

- Sí, sí, continúe, por favor.

- En otras palabras –concluyó Felten: «La Guerra Civil, como la Guerra de Troya, siguen y seguirán invitando a los escritores a fabular e imaginar sus versiones del mito, variantes que cada vez más vienen perdiendo su antiguo mensaje ideológico y se convierten en productos estéticos» (Felten, 2004: 101).

O sea, que *Soldados de Salamina, Nuestros soldados de Salamina* es, al menos en parte, la recreación del mito literario de la Guerra Civil. El título no es sólo por tanto un hallazgo feliz, ocurrente y bien trabajado fonéticamente, es también una referencia metatextual del mito que recrea. La batalla de Salamina, más allá del resultado de la contienda, victoria de los griegos y derrota de los persas, es un mito, una narración ahistórica, o más bien suprahistórica sobre el conflicto entre Occidente y Oriente, la batalla de las batallas, la mayor batalla naval de la Antigüedad. Al episodio histórico real, se le unen, se le superponen, significaciones de la tradición oral y escrita, el relato de Homero y Herodoto, y toda la historiografía occidental que se ha encargado de reconstruir una historia sólida y con variantes del mito.

- Hay que ver lo que da de sí la tozudez de los alumnos –dije entre mí.

- Pero ¿qué tiene que ver la historia con la literatura? –me preguntó desafiante Teresa, la única española de la clase–. Acuérdate de eso de los "relatos reales".

- De ello hablaré más tarde –repuse– o mejor, si el timbre suena anunciando el final de la clase, lo dejamos para otro día.

3. ¿Qué género de novela es ésta?

El tema de los géneros, su definición y clasificación ha sido objeto de constante estudio. A mí nunca me interesó porque no entendí muy bien esos límites escolares entre ensayo y poesía, novela y relato, artículo y cuento.

La semana pasada, sin ir más lejos, leí con mi grupo de pensionistas unos *articuentos* de un tal Millás. Y ahora estoy aquí hablando de una novela que algunos críticos se han apresurado a decir que no es una novela –*será otra cosa*–, otros que es una novela histórica, algunos que es una novela que traiciona la historia, una burda manipulación, y el propio Cercas, el personaje de prensa, se pavonea por ahí con ese reclamo publicitario del "relato real"; por no hablar del na-

rrador-Cercas, que con su burda definición, aña-
de más confusión al asunto.

- ¿Qué género de novela es ésta? –preguntan
airados mis alumnos.

Recordaba que en mi primera y única lectura
del *Quijote,* nuestro profesor se había esforzado
en mostrarnos la obra como el paradigma de la
novela (donde, por cierto, la novela se parodiaba
a sí misma). Para ello insistía en la versatilidad
del género, donde cabía de todo (Valverde, 1984:
98- 113): había un prólogo que era un antiprólo-
go, donde Cervantes se burlaba de la habitual
captatio benevolentiae de todo proloquista; había
poesía (como los poemas, sobre todo sonetos, al
principio del libro); se contaban chascarrillos,
ejemplos del ingenio popular, de saber folclórico,
a través de las sentencias de Sancho Panza, como
cuando fue nombrado gobenador de la ínsula de
Barataria; leíamos o escuchábamos historias y
cuentecillos, *novellas* se llamaban entonces, como
la historia de Cardenio-Luscinda-Fernando-
Dorotea, historia que Cardenio cuenta a don
Quijote en el capítulo 24 de la primera parte, o el
memorable cuento de "El curioso impertinente",
novela que el cura lee (capítulos 33-35) de un manuscrito hallado; se leían o escuchaban discursos
filosóficos o sobre literatura como el del cura en
el capítulo 48 hablando de teatro y ensalzando

184

las comedias clasicistas de Lupercio Leonardo de Argensola y la *Numancia* de Cervantes; se escribían cartas, como las cartas de amor de Luscinda a Cardenio que se intercalan en el Quijote...

Hasta donde mi memoria alcanza, de aquellas clases aprendí que la novela debía ser el género de los géneros, el hipergénero, o supergénero o megagénero; el metagénero, si me apuráis, porque su origen estaba en un manuscrito encontrado por un tal Cide Hamete Benengeli. Allí donde cabía todo: era el espacio de la libertad creadora y del juego.

Cada cierto tiempo, sin embargo, la novela, a decir de los entendidos, sucumbe a una especie de crisis apocalíptica. *La novela ha muerto* –sentencia la crítica especializada– aunque casi siempre detrás de esta afirmación hay un joven y dinámico director de marketing preparando el lanzamiento de un nuevo proyecto editorial.

El propio Cercas ha sido nombrado por la prensa especializada –y no tan especializada– como uno de los artífices de la resurrección de la penúltima muerte de la novela. Ya cuando Fuentes empezó a publicar, allá por 1954, también él oyó aquello de "la novela ha muerto". Y desde entonces –como ahora–, la crítica ha creído encontrar con sospechosa regularidad síntomas de cansancio en este género.

La palabras de Fuentes para explicar esa sensación de crisis que lo persiguió infructuosamente desde sus comienzos siguen teniendo vigencia:

«Los antiguos territorios de la novela habían sido anexionados por el universo de la comunicación» (Fuentes, 1993: 13) –nos dice.

Esto es, todo se podía decir mejor y más rápido a través del cine, la información y el periodismo o por la información histórica, psicológica, política y económica. Explicaba que el proceso de saturación de noticias quizás había atentado contra la voz de la novela, pero que acaso, había contribuido a darle una nueva voz (Fuentes, 1993: 23).

- «Una nueva voz» –repetí en voz alta–. O voces.

Y continuaba la cita:

«La novela es una búsqueda verbal de lo que espera ser escrito» (Fuentes, 1993: 36); y la relación con el pasado – añado yo– es fundamental en este proceso. «Todo es relativo y la novela proclama la universalidad de lo posible» [...]

Y sigue la cita :

«La literatura potencial y conflictiva de nuestro tiempo trata de darnos, pues, la parte no escrita o no leída del

mundo [...]. La nueva novela, igualmente, nos dice que el pasado puede ser la novedad más grande de todas» (Fuentes, 1993: 37).

- En una de estas supuestas crisis aparece *Soldados de Salamina,* esa novela tan *rara* en la que confluyen el artículo periodístico, la entrevista, el relato de transmisión oral, el ensayo, el *thriller,* la poesía (al menos en el tono), la novela cuasi autobiográfica. Vamos –concluí–, un ejemplo de manual sobre lo que es una novela desde los tiempos de Cervantes.

Casi me quedé sin resuello después de esta explicación tan profesoral, de este homenaje secreto y sentido a mi viejo profesor de literatura. Esta vez sí que me había ganado el sueldo. Algunos alumnos de la clase, los que estaban sentados en la fila de atrás, empezaban ya a revolverse en sus asientos, a hacer movimientos nerviosos, los bolígrafos hacían clic con mayor frecuencia, los había que ensayaban expresiones como de estar haciéndose pis desde hacía muchos minutos, otros salían directamente de la clase, reivindicando su derecho a no quedarse cuando el tiempo de la lección ya había terminado.

- Vaya rollo que se ha pegado el Lucas –gritaba sofocadamente Teresa, con su reconocible acento gallego.

El grupo de Camilla asentía enfáticamente y tomaba notas; sus rostros denotaban tensión y cierto interés. Pero una vez más supe que me estaba perdiendo.

4. El asunto de los "relatos reales"

Me lo temía. Pernille entró en liza. Casi nunca viene a clase, así que no era un peligro excesivo, pero cuando venía, se la veía con ganas de joder a todo el personal con sus preguntas de "sentido común".

- Vamos a ver –interrumpió–. Todo eso que has dicho está muy bien. Se ve que esta vez te has preparado la clase. Pero aquí no se trata de dilucidar si esto es novela o no. Total, qué más da. Eso es una preocupación que tienen los críticos españoles. Allá ellos. Lo interesante es saber qué es eso del "relato real" y cómo se engendra ese hibridaje entre ficción e historia. . .

Sonreí y puse cara de circunstancias, pero la verdad es que no había acabado de entender yo muy bien qué era eso del "relato real".

- Como ya hemos discutido hasta la saciedad, y si seguimos así –me recordó blandiendo un dedo amenazador– no vamos a terminar el programa, la novela que estamos analizando alude a la famosa batalla de Salamina, y aunque el argumento sólo tenga que ver   metafóricamente con el título insinúa un anclaje con lo histórico. ¿Vale?

- Continúa, continúa ...

- Además está escrita en primera persona, de modo que parece una novela de las llamadas de testimonio; y presenta un carácter de ficción y de historia a la vez. En Estados Unidos hay algo que se llama "Faction".

- Qué ingenioso –me atreví a decir.

De pronto se me encendieron las alarmas. ¿Faction? Me cago en la leche, estos críticos no paran de inventarse sandeces. Por fortuna era la pausa y mientras ellos se iban a mear, fumar o comerse esos bocadillitos que llaman "paquetes de comida", yo me enganché como un loco a *google* y escribí esperanzado el término "relatos reales". ¡Hostias! No daba crédito. Las primeras veinte entradas eran relatos eróticos, picantes. ¿Pero que género o subgénero se ha inventado este Cercas? Me pongo nervioso y salgo de ahí. El portátil que uso es del instituto, y como hoy todo se sabe, vayan a encontrar rastro de mi inocente búsqueda y crean que soy un pervertido. Sigo. En mi tercer intento encuentro algo que parece interesante: Un tipo llamado Bolaño –¡caramba, igual que el personaje escritor latinoamericano de la novela! –, escribe:

«*Su novela juega con el hibridaje, con el "relato real" (que el mismo Cercas ha inventado), con la novela histórica, con la narrativa hiperobjetiva, sin importarle traicionar cada vez que le conviene estos mismos presupuestos genéricos para deslizarse sin ningún rubor hacia la poesía, hacia la épica, hacia donde sea, pero siempre hacia adelante*» (Bolaño, 2001).

Hermoso. O sea que lo del relato real es esto –me digo–. La gente ya empieza a entrar, se sienta, la clase está medio llena, quedan apenas dos minutos para que reanudemos la lección y todavía no sé con certeza qué puedo decir del "relato real".

De pronto me viene a la memoria uno de esos diálogos divertidos entre Cercas y Conchi, su novia. Busco y encuentro. Página 68. Les leo en voz alta:

– *Espero que no sea una novela –le dice ella.*

– *No –dije muy seguro– . Es un relato real.*

–*¿Y eso qué es?*

Se lo expliqué; creo que lo entendió.

- *Será como una novela –resumí– .Sólo que en vez de ser todo mentira, todo es verdad.*

- *Mejor que no sea una novela.*

Pegado a la página, en uno de esos papelitos amarillos, encuentro unas notas manuscritas que alguien ha olvidado. Un hallazgo.

- Efectivamente –continúo en tono triunfante– la supuesta invención del "relato real" por parte

190

de Cercas, promocionada por personajes de ficción, convertidos, llegado el caso, en escritores, como el tal Bolaño, contiene una serie de características que podrían concretarse en las siguientes (Villanueva, 2001).

Y de reojo comienzo a leer las notas anónimas del papelito amarillo, mientras escribo en la pizarra:

- una particular manera de fabular: el autor parte del entorno real y desde él da el salto a lo narrativo, es decir, "arranca de unos hechos ciertos pero se lanza a una reconstrucción novelesca de los mismos"

- el episodio histórico germen de *Soldados de Salamina,* el fusilamiento de Sánchez Mazas, reconstruye un hecho de raíz histórica divulgado por cierta transmisión oral

- estos llamados "relatos reales" tienen una dimensión imaginativa y son una invitación para indagar en los límites entre verdad y ficción

- no se queda en el enfoque radicalmente culturalista, un tanto de vanguardia y evasiva: Cercas, sin embargo, lo emplea como un medio de acceder al trasfondo moral del comportamiento humano.

Y continúo:

- Este conjunto de características constituyen lo que podríamos llamar el "relato real". Sobre estos elementos señalados por la crítica, me gustaría añadir un par de observaciones personales: Os recuerdo que el llamado *boom* de la novela histórica, por ejemplo con *El Hereje* de Delibes o *Sefarad* de Muñoz Molina, o incluso el famoso relato de Rivas "La lengua de las mariposas", no son sólo ejemplos de una invasión de la realidad, sino también un síntoma de cansancio de los lectores por la ficción pura y dura (Felten, 2004: 102). En esa especie de estado de ánimo colectivo debe insertarse lo que yo llamaría:

- La conciencia que el escritor tiene sobre su público meta: Por eso Conchi no sólo es la novia de Cercas-narrador, es la primera lectora (de oídas) de su novela. Conchi somos todos, el lector medio, como nosotros y como yo, poco instruido, que espera que la novela no sea exactamente una novela, es decir, pura ficción. En ese sentido, el "relato real", como respuesta a cierto cansancio por la ficción, es una treta para captar el interés y la atención del lector, para ganar su favor.

- Como consecuencia de esta primera observación podría derivarse una cierta conciencia de éxito, en la medida en la que estamos ante un escritor en busca de sus lectores, lectores sin miedo a abandonar los marcos convencionalizados de los géneros... El relato real –termino–, es un relato donde lo que se cuenta es real, es decir, verídico y verosímil.

Manos levantadas, confusión, revuelo.

- A ver aclárate, Lucas. ¿Real o no real? ¿A cuento de qué viene esa inclusión de lo verídico o verosímil? ¿Despliegue lexicográfico o algún ardid de los tuyos?

- Real –dije–, pero dentro de una convención, de un género total llamado novela. Yo postulo que esta novela es una indagación sobre los límites entre ficción e historia a través de la reconstrucción de la memoria y que sólo la novela te permite lícitamente hacer eso.

- Yo tenía una novia –proseguí– que continuamente me contaba –se inventaba– "relatos reales " que incluía en nuestra vida real. Cuando la conocí me dijo que su padre era director de una compañía de seguros y aquella misma noche tuve que llevarla en mi viejo vespino porque el suyo, según me contó, estaba en reparación. Los relatos continuaron a lo largo de siete años: supe de sus enfermedades incurables, de cómo su tío la violó siendo niña, de sus preferencias amatorias con sus amantes esporádicos. Lo supe todo menos que aquello era un "relato real" y yo uno de sus lectores. Yo sufría con sus enfermedades y lloraba por su mala suerte, sentía celos de aquellos amantes con los que me era tan difícil medirme y miedo real de perderla. Cuando descubrí que su padre era cartero jubilado y que ella siempre iba en autobús a la facultad porque no tenía moto, cuando supe, digo, que su relato real estaba inserto en un género que no era de ficción –nuestra vida–, todo acabó. Aún seguiría queriéndola si en lugar de contarme estas historias, las hubiera escrito. Ha destrozado mi vida y ya no confío en nadie.

Y concluí:

- Todos los buenos relatos son relatos reales – concluí parafraseando a Bolaño–, por lo menos para quien los lee, que es el único que cuenta (Cercas, 2001: 106). Pero volviendo al tema –atajé para evitar el sentimentalismo en el que me estaba hundiendo–, se ha hablado tanto del "relato real" como una singularidad de esta novela –que el propio Cercas se ha encargado de alentar con sus comentarios ambiguos y entrevistas de promoción– que creo que se ha perdido de vista que lo que distingue claramente a esta novela no es esa hibridación entre lo histórico y lo ficticio, propio por otro lado, en diversos grados, de cualquier forma de literatura –como la anécdota de mi viejo profesor pone de manifiesto–, lo que distingue a esta novela en su "plurivocidad" o "juego de discursos".

Al revuelo provocado por mi "relato real", siguió un concierto de caras atónitas y aun más
desconcertadas.

– Plurivocidad –repetí.

En realidad la idea no era mía si no que se la
había robado a aquel tipo asustado y parlanchín
que vino en el coche conmigo desde la estación.

- Se trata de un viejo concepto introducido
por Bajtin denominado heteroglosia y plurivocidad en la novela, muy ligado, por cierto, al problema del punto de vista, y que responde a una
pluridiscursividad social (Marchese, 1986: 296).
La novela no es un discurso único, sino que se
caracteriza por la pluridiscursividad. Así por
ejemplo en *Salamina* podemos distinguir –saco la
chuleta y leo unas notas que tomé en el seminario de Hans Felten (2004: 104), tres voces básicas
entretejidas entre sí:

1) el discurso biográfico, acompañado por el
de la historia de la literatura (la historia del fa-
langista y escritor Sánchez Mazas)

2) la voz del soldado, que se manifiesta en las
observaciones personales del veterano y en los
intentos del narrador por reconstruir la vida ba-
sándose sobre todo en conjeturas

3) la voz del narrador, que representa el discurso de la metaficción, la continua preocupación por el hecho de escribir

Y culmino:

- La novela es una novela sobre cómo se hace una novela. Yo diría más, sobre cómo se va haciendo una novela.

He quedado de puta madre. Lo puedo ver en el rostro de Camilla y sus secuaces. El bocadillito de pan negro con queso fuerte y comino se le ha debido atragantar. ¿A que esto no te lo esperabas, Camillita?

La clase termina y para sofocar el alboroto, y puede que incluso un atisbo de admiración, añado:

- Mañana no hay deberes. Quiero que hablemos de por qué os ha gustado la novela y de sus razones de éxito. Será una cosa ligerita.

Camino de la cafetería –no tengo despacho, así que la cafetería hace las veces de despacho–, asimilo lo que acabo de decir. Salvando las distancias, en la novela de Cervantes, como tan bien nos contó mi viejo profesor, ocurría algo similar: había un único autor, Cervantes (él mismo lo diría varias veces), un narrador que afirma haber tomado como punto de partida y fuente ciertos manuscritos arábigos que, sin embargo, no transcribe sino que cuenta, y un tercer narrador, el tal Cide Hamete Benengeli, al que se alude, pero que actúa como una especie de narrador en la sombra (Torrente Ballester, 1984: 27-37). La lectura de *Soldados* se me aparecía con claridad como ese juego de voces entre un narrador llamado Cercas, las palabras no transcritas de Sánchez Ferlosio en la entrevista, la charlas con Bolaño, el encuentro con Miralles, el manuscrito nunca escrito de Sánchez Mazas ...

5. Del placer del texto ... al orgasmo del éxito

Del placer del texto ...

Es un tópico recurrir a este título, robárselo a Barthes sin pudor, y quedar tan tranquilo argumentando que esa imagen, a fin de cuentas, carece de la más mínima originalidad y es pues, patrimonio de todos. Como ya dije soy profesor, y la falta de originalidad no resta ni un ápice de pedagogía a la lección. Así que la tomo, me gusta, me parece adecuada para acabar de embaucar a mis alumnos.

Les leo despacio, sus rostros están todavía abotargados por el sueño. Observo el cambio lento de sus expresiones mientras leo. Se adivinan sonrisas maliciosas y se abre, tímida, una sombra de complicidad entre nosotros:

«¿El lugar más erótico de un cuerpo no está acaso allí donde la vestimenta se abre? En la perversión (que es el régimen del placer sexual) no hay zonas erógenas (expresión por otra parte bastante inoportuna); es la intermitencia, como bien lo ha dicho el psicoanálisis, la que es erótica: la de la piel que centellea entre dos piezas (el pantalón y el pulóver), entre dos bordes (la camisa entreabierta, el guante y la manga); es ese centelleo el que seduce, o mejor: la puesta en escena de una aparición-desaparición» (Barthes, 1982: 19).

- ¿Y dónde se abre esa vestimenta en *Soldados de Salamina?* –pregunta Uwe, animado por el giro erótico con el que ha empezado nuestra última clase.

- En la ambigüedad –responde Signe–. En Cercas que quizás es Cercas o quizás no, quizás su trasunto, o un personaje real demasiado cargado de ficción, o quizás una personaje de ficción excesivamente cargado de realidad. En un relato que parte de la historia pero que no es historia. En una novela que no es una novela porque lo que pasa, a diferencia de las novelas, es verdad. En Miralles que pudo ser aquel soldado olvidado que cometió un acto de dignidad (salvar una vida, perdonar una muerte) en una guerra, como todas, como la batalla de Salamina, llena de atrocidades y de indignidades. En una batalla, la de Salamina, que alude a los vencedores pero que da título a una novela que se refiere a los vencidos –o mejor aún: a los perdedores–. En mensajes de segunda mano que constituyen el armazón, la estructura de la novela y el incidente literario que los genera (Barthes, 1982). En Sánchez Ferlosio contándole a Cercas el episodio que ha oído contar (que le ha oído contar a su padre sobre su fusilamiento). En Bolaño contándole al Cercas personaje-narrador su conocimiento de Miralles ... Esa erótica de la negación, "la puesta en escena de una aparición-desaparición", que se distancia tanto de esa otra forma de literatura de entretenimiento que, obscena, se presenta unívoca, evidente, grosera...

Signe está inspirada y yo humillado, desubicado. ¿Qué digo ahora? Esta chica acabará quitándome el trabajo. Uwe, por su parte, envalentonado por el inesperado tono del texto, sugiere:

- Yo creo que la mejor manera de invitar a nuestros compañeros a una nueva e intensa lectura después de este seminario es citar al propio Cercas cuando dice –y lee:

«Leer un libro por primera vez es como follar con alguien

por primera vez; se trata de una tarea informativa: carto-
grafiamos el territorio, verificamos si es de nuestro gusto,
localizamos los puntos álgidos, ensayamos posturas. Eso es
más deslumbramiento que placer: el placer llega con la
segunda, con la tercera, con la cuarta, con la quinta vez,
cuando uno ya conoce y ofrece y pide, y no necesita leer el
libro entero para disfrutar de sus pasajes favoritos» (Cercas, 2005).

Con cierto rubor –son nueve años en colegio
de curas– doy por concluida la primera parte de
la clase. Uwe, feliz, me lanza una sonrisa.

... Al orgasmo del éxito

Para ese lector lejano, poco disciplinado, fugaz e
inconstante que afirmo ser quedar aprisionado,
perturbado, por *Soldados de Salamina* no es una
expericiencia frecuente. Hay, sin embargo, elementos intrínsecamente literarios que pueden
ayudar a explicar esta perturbación. La mayoría
ya han sido enumerados a lo largo de esta charla:
la deliberada confusión de géneros, el juego de la
pluridiscursividad, el uso de un mito histórico...
Otros, en cambio, aún no han sido puestos en
evidencia.

- Quisiera, queridos alumnos, en lo que queda
de clase, que reflexionarais sobre el siguiente
aspecto: Me llama poderosamente la atención la
intromisión del Cercas-escritor-personaje desdi-

ciéndose o desautorizando continuamente al Cercas-narrador. Así mientras el narrador define "relato real" como *una novela donde todo en vez ser mentira es verdad*, el Cercas-escritor-personaje se atreve a desmentirlo matizando que ese concepto de verdad no debe entenderse tanto como verdad histórica sino como verdad moral. Este juego entre Cercas genera una continuación mediática de la novela (en artículos periodísticos, blogs y entrevistas), que da pie a una nueva lectura –múltiples lecturas de la misma–; un juego intertextual entre los pluridiscursos de la novela, el discurso del escritor –de gira y en promoción de su libro– y los discursos –algunos de ellos fuertemente ideologizados– de sus lectores. El resultado es singular y la reacción del público ante este juego de espejos, visceral y en ocasiones desproporcionada.

Y prosigo:

– El lector tiende a confundir, porque así ha sido inducido, narrador y escritor –máxime teniendo en cuenta que llevan el mismo nombre–, y esta calculada ceremonia de la confusión lo empuja, casi subrepticiamente, a la indagación sobre los límites inciertos entre ficción e historia. No es extraño pues, que la novela haya motivado la airada respuesta de historiadores revisionistas como Pío Moa , o la lectura crítica e irritada de Arcadi Espada.

Sin duda que estos elementos hacen de esta obra una novela (o lo que sea) singular y diferenciada.

Muy ligado a esto, destacaría elementos que podríamos denominar intrínsecamente sociales o sociológicos y que de manera subsidiaria ayudan a entender el éxito de la novela. Esta segunda percepción no debe ponerse tanto en relación con la indudable calidad de la novela como con la actitud general del público receptor hacia ella; y no ya su aceptación –indiscutible a la vista de las cifras mareantes de ejemplares vendidos– sino también el rechazo, la discusión y la confrontación que esta obra ha provocado.

La obra de Cercas no ha dejado indiferente a nadie y ha generado polémica, discusiones encendidas, fervorosas defensas y confesados odios.

Desde dentro, es decir, desde España, no deja de sorprender, por un lado, la enorme actualidad que conserva este período histórico, casi 70 años después. (En mi opinión, este interés pone de manifiesto que se toca un tema muy sensible y extremadamente controvertido para gran parte de la ciudadanía, como quizá ilustre ejemplarmente la recientemente aprobada "Ley de Memoria Histórica"); por otro, es incuestionable la oportunidad de la aparición de esta novela –y otras antes y después–, que parecen responder a una demanda social por parte de los lectores y a una necesidad colectiva de esclarecimiento, de explicación crítica y de dignificación de nuestro pasado más reciente. En este sentido la ley aprobada el 31 de octubre del 2007 –sin el apoyo del primer partido de la oposición– debe entenderse como un intento –quizá muy limitado, por su esfuerzo en la búsqueda de consenso– de devolver la dignidad a las víctimas, en palabras del Cercas-formador-de opinión:

«un acto de estricta justicia, un reconocimiento tardío e indispensable –aunque tímido y a fin de cuentas insuficiente– de ciertas víctimas del franquismo que hasta ahora habían sido relegadas al olvido» (Cercas: 2007).

Desde fuera, desde nuestra pequeña Dinamarca, que recién empieza a revisar su pasado histórico –la resistencia, la ocupación nazi, el colaboracionismo y la pasividad de la población en general durante la Segunda Guerra Mundial–, este período de la historia de España, este mito hermoso y romántico, permite a muchos lectores daneses proyectarse en una ilusión, creerse herederos de aquellos defensores de la libertad frente al fascismo, pese a su mínima pero bien publicitada participación en la Guerra Civil española, idealización de un mito literario más amplio (lejano, poco peligroso, magnificado): un puñado de hombres defendiendo la supervivencia de la civilización, brigadistas occidentales luchando contra el fascismo, defendiendo Europa de su penúltima amenaza, igual que aquellos griegos, héroes de la legendaria batalla de Salamina.

Por todo lo dicho hasta ahora *Soldados de Salamina, Nuestros soldados de Salamina* es una novela de éxito, y del éxito, de la receptividad de la novela y de las interpretaciones que sufre, depende en gran medida la continuidad del género (Jauss: 1982).

Miro a mi alrededor y apenas queda ya nadie en el aula. Para variar me he pasado de la hora y mis alumnos, gentilmente, han ido abandonando el local con todo el sigilo del que son capaces. No hay comentarios, ni aplausos, ni críticas. Es el final de la impostura. Muchas gracias.

Postdata:

El texto publicado más arriba se leyó en voz alta y sin pausas (bueno, sólo las justas para beber de un botellín de agua de plástico 'Aqua d'or', que la universidad tuvo a bien dispensarme) un día de otoño de 2007, como parte del Seminario, «La literatura de Javier Cercas. Acercamiento a su obra», organizado por el *Instituto de Literatura, Cultura y Medios de Comunicación* de la *Universidad del Sur de Dinamarca*. Entre los asistentes al acto, además del numeroso y resignado público, que aplaudió con disciplinado entusiasmo todas la intervenciones –también la mía– se encontraban el propio Javier Cercas, que había sido invitado para oír lindezas y contar anécdotas sobre su obra, así como algunos de mis más queridos colegas del departamento de español de *Syddansk Universitet*: Claudio Cifuentes-Aldunate, profesor titular de literatura, abnegado organizador del encuentro y amigo personal de Hans Felten, mi atribulado pasajero; Teresa Cadierno, catedrática de lingüística aplicada, sufrida asistente y amiga personal de Javier Cercas; y Uwe Kjær Nissen, profesor titular de gramática y sociolingüística y sorprendido asistente, que no daba crédito –sobre todo cuando sonó su nombre en la sala– a lo que oía, y hasta aquel momento, amigo personal mío. Asimismo se encontraba Hans Lauge Hansen, profesor titular de literatura de la Universidad de Århus, que al final de la charla me preguntó gentilmente –y creo que interesado– en qué parte del semestre solía yo trabajar con *Soldados de Salamina*. Su credulidad me conmovió. También asistieron algunos –poquísimos– de mis alumnos.

Debo confesar que nunca, hasta la fecha, he trabajado con esta novela.

Nota del transcriptor:

Casi nada de lo que escribo me pertenece. Lo leído más arriba no son más que las transcripciones de las clases, las conversaciones con colegas y las copias –más o menos encubiertas– de las wikis. Algunos las llaman referencias, para mí no son más que parafraseos de un bobo ilustrado:

Barthes, Roland (1982). *El placer del texto*. México: Siglo XXI editores.

Bengtson, Hermann (1986). *Historia de Grecia: desde los comienzos hasta la época imperial romana*. Madrid: Gredos.

Bolaño, Roberto (2001). La última novela de Javier Cercas. *Sololiteratura*. En:

http://sololiteratura.com/bol/bolanosobresoldados.htm

Cercas, Javier (2005). Viciosos sin fronteras. *El País, 28.08.2005*. En:

http://elpais.com/diario/2005/08/28/eps/1125210417_850215.html

Cercas, Javier (2007). En: Memoria histórica. Periódico online. Entrevista:

http://www.levmemoriahistorica.com/20070603-articulo-de-iavier-cercas—la-ley-de-la-memoriahistorica—estricta-iusticia-.html

Cercas, Javier (2001). *Soldados de Salamina*. Barcelona: Tusquets.

Cervantes, Miguel de (Ed. de Martín de Riquer, 1975). *Don Quijote de la Mancha*. Barcelona: Barcelona: Hispánicos Planeta.

Felten, Hans (2004). Historia, Ficción, Metaficción, pp. 99-109. En: Claudio Cifuentes Aldunate (Ed.). *Síntomas en la prosa hispana contemporánea*. Odense: University Press of Southern Denmark.

Fuentes, Carlos (1993). *Geografía de la novela*. Madrid: Alfaguara.

Jauss, Hans Robert (1982). *Toward an Aestetic of Reception*. Minneapolis: University of Minessota Press.

Juliá, Santos (2006). Año de memoria. *El País, 31.12.2006*

En:

http://www,elpais,com/articulo/panorama/Ano/memo-ria/elpepusocdgm/20061231elpdgpan_3/Tes

Levi, Primo (1963: 2002). *La tregua*. Barcelona: El Aleph Editores.

Marchese, Angelo & Forradellas, Joaquín (1986). *Diccionario de retórica, crítica y terminología literaria*. Barcelona: Ariel.

Sanz Villanueva, Santos (2001). Novela de una historia. *El Mundo, 04/06/2001*

Torrente Ballester, Gonzalo (1984). *El Quijote como juego y otros trabajos críticos.* Barcelona: Destino.

Valverde, José Ma. (1984). El Barroco y su fisonomía en España. Cervantes (I), pp. 85-113. En: Martín de Riquer & Valverde, José Ma. *Historia de la literatura universal, vol. 5.* Barcelona: Planeta.

http://es.wikipedia.ore/wiki/Soldados_de_Sal amina

www.ingramcontent.com/pod-product-compliance
Lightning Source LLC
Chambersburg PA
CBHW050303110726
47898CB00007B/2513